U0088440

張瑜凌/編著

English

菜英文

旅遊實用篇

World

就算是說得一口的菜英文，也能出國自助旅行！
本書提供超強的中文發音輔助，教您輕輕鬆鬆暢遊全球！

附
Mp3

菜英文
旅遊實用篇

Phonics 自然發音規則對照表

看得懂英文字卻不會念？還是看不懂也不會念？沒關係，跟著此自然發音規則對照表，看字讀音、聽音拼字，另附中文輔助，你就能念出7成左右常用的英文字喔！

自然發音規則，主要分為子音、母音、結合子音與結合母音這四大組。

◎第1組—子音規則

【b】貝 -bag 袋子	【c】克 -car 車子	【d】的 -door 門
【f】夫 -fat 肥胖的	【g】個 -gift 禮物	【h】賀 -house 房子
【j】這 -joke 笑話	【k】克 -key 鑰匙	【l】樂 -light 燈光
【m】麼 -man 男人 (母音前)	【m】嗯 -ham 火腿 (母音後，閉嘴)	【n】呢 -nice 好的 (母音前，張嘴)
【n】嗯 -can 可以 　　(母音後)	【p】配 -park 公園	【qu】擴- quiet 安靜
【r】若 -red 紅色	【s】思 -start 開始	【t】特 -test 測驗
【v】富 -voice 聲音	【w】握 -water 水	【x】克思 -x-ray x光
【y】意 -yes 是的	【z】日 -zoo 動物園	

◎第2組—母音規則

短母音		
【a】欸(嘴大) -ask 詢問	【e】欸(嘴小) -egg 蛋	【i】意 -inside 裡面
【o】啊 -hot 熱的	【u】餓 -up 向上	
長母音		
【a】欸意 -aid 幫助	【e】意 -eat 吃	【i】愛 -lion 獅子
【o】歐 -old 老的	【u】物 -you 你	

◎第3組—結合子音規則

【ch】去 -chair 椅子	【sh】噓 -share 分享	【gh】個 -ghost 鬼
【ph】夫 -phone 電話	【wh】或 -what 什麼	【rh】若 -rhino 犀牛
【th】思 -thin 瘦的 (伸出舌頭，無聲)	【th】日 -that 那個 (伸出舌頭，有聲)	【bl】貝樂 -black 黑的
【cl】克樂 -class 班級	【fl】夫樂 -flower 花朵	【gl】個樂 -glass 玻璃
【pl】配樂 -play 玩耍	【sl】思樂 -slow 慢的	【br】貝兒 -break 打破
【cr】擴兒 -cross 橫越	【dr】桌兒 -dream 夢	【fr】佛兒 -free 自由的
【gr】過兒 -great 優秀的	【pr】配兒 -pray 祈禱	【tr】綽兒 -train 火車
【wr】若 -write 寫字	【kn】呢 -know 知道	【mb】嗯(閉嘴) -comb 梳子
【ng】嗯(張嘴) -sing 唱歌	【tch】去 -catch 捉住	【sk】思個 -skin 皮膚
【sm】思麼 -smart 聰明	【sn】思呢 -snow 雪	【st】思的 -stop 停止
【sp】思貝 -speak 說話	【sw】思握 -sweater 毛衣	

◎第4組—結合母音規則

【ai】欸意 -rain 雨水	【ay】欸意 -way 方式	【aw】歐 -saw 鋸子
【au】歐 -sauce 醬汁	【ea】意 -seat 座位	【ee】意 -see 看見
【ei】欸意 -eight 八	【ey】欸意 -they 他們	【ew】物 -new 新的
【ie】意 -piece 一片	【oa】歐 -boat 船	【oi】喔意 -oil 油
【oo】物 -food 食物	【ou】澳 -outside 外面	【ow】歐 -grow 成長
【oy】喔意 -boy 男孩	【ue】物 -glue 膠水	【ui】物 -fruit 水果
【a_e】欸意 -game 遊戲	【e_e】意 -delete 刪除	【i_e】愛 -side 邊、面
【o_e】歐 -hope 希望	【u_e】物 -use 使用	【ci】思 -circle 圓圈
【ce】思 -center 中心	【cy】思 -cycle 循環	【gi】句 -giant 巨人
【ge】句 -gentle 溫和的	【gy】句 -gym 體育館	【ar】啊兒 -far 遠的
【er】兒 -enter 輸入	【ir】兒 -bird 小鳥	【or】歐兒 -order 順序
【ur】兒 -burn 燃燒	【igh】愛 -high 高的	【ind】愛嗯的 -find 找到

※ 小試身手：

　　現在你可以運用上述自然發音的規則，試念以下這些句子：

★ Anything wrong?

★ It's time for bed.

★ Let's go for a ride.

★ May I use the phone?

★ Nice to meet you.

★ That sounds good.

★ I feel thirsty.

★ Turn off the light, please.

★ May I leave now?

★ Here you are.

Note

Chapter 1 訂機位

Chapter2 在機場

Chapter 3 在飛機上

Chapter 4 入境

Chapter 5 兌換外幣

Chapter 6 在飯店

Chapter 7 在餐廳

Chapter 8 在商店

Chapter 1

訂機位

Unit 1

查詢航班

重點單字

find
煩的
尋找

基礎句型

幫我找另一個班次好嗎？
▶ Could you find another flight?
　　苦揪兒　　煩的　　ㄟ哪耳　　富賴特

你們有下星期天到紐約的班機嗎？
A Do you fly to New York on next Sunday?
　　賭　優　福賴兔　紐　　約　　忘 耐司特　桑安得

讓我查一查。
B Let me check.
　　勒　密　切客

多謝啦！
A Thanks a lot.
　　山克斯 ㄜ落的

先生，我們下星期天沒有任何航班。
B We don't have any flights on next Sunday, sir.
屋依　動特　黑夫　安尼　富賴斯　忘 耐司特　桑安得　捨

請你替我找那一天之前的另一個班機好嗎？

A Could you please find another flight before it?

　　苦揪兒　普利斯　煩的　ㄟ哪耳　富賴特　必佛　一特

沒問題。

B No problem.

　　弄　　撲拉本

多謝啦！

A Thanks a lot.

　　山克斯　亢落的

我們有一班八月一日的班機。

B We have a flight on August first.

屋依　黑夫　亡　富賴特　忘　歐格斯特　佛斯特

可是我八月卅日前無法成行。

A But I can't make it until the 30th of August.

霸特　愛　肯特　　妹克　一特　骯提爾　勒　捨替濕　歐夫　歐格斯特

抱歉，先生，那個班次是我們僅有的一班。

B Sorry, sir, that is the only flight we have.

　　蒐瑞　　捨　類　意思　勒　翁裡　富賴特　屋依　黑夫

延伸句型

其他航班還有空位嗎？

▶ Are there any flights available?

　阿　　淚兒　安尼　富賴斯　　A肥樂伯

Unit 2 詢問票價

重點單字

airfare
愛爾費兒
票價

基礎句型

機票多少錢？
► How much is the airfare?
好　馬區　意思 勒　愛爾費兒

美國航空您好。
A American Airlines.
阿美綠卡　艾爾藍斯

我想要知道票價。
B I'd like to know the airfare.
愛屋 賴克兔　弄　勒　愛爾費兒

好的。您想要去哪裡？
A Okay. Where do you want to go?
OK　　灰耳　賭　優　忘特　兔 購

從台北到香港。
B From Taipei to Hong Kong.
防　　台北　兔　航　抗

我們有商務艙和經濟艙(兩種)。

A We have business class and economy class.

屋依　黑夫　逼斯泥斯　克萊斯　安　一克那咪　克萊斯

票價是多少？

B How much is the airfare?

好　　罵區　意思 勒　愛爾費兒

商務艙是一萬五千元，經濟艙是八千元。

A A business class seat costs 15,000 dollars,

亡　逼斯泥斯　克萊斯　西特　寇斯　非福聽騷忍　搭樂斯

and an economy class seat is 8,000.

安　恩　一克那咪　克萊斯　西特　意思　ㄟ特騷忍

延伸句型

兒童票是多少錢？

▶ What's the children's fare?

華資　勒　　丘准兒斯　　費兒

頭等艙是多少錢？

▶ What's the fare for first class?

華資　勒　費兒　佛　福斯特 克萊斯

Unit 3　單程／來回程票價

重點單字

one-way
萬　　　位
單程

基礎句型

單程票價是多少錢？
► What's the one-way fare?
華資　勒　萬　位　費兒

從台北到東京的來回票價是多少錢？

A What's the round-trip fare from Taipei to Tokyo?
華資　勒 日望的初一波 費兒　防　　台北　兔 偷其歐

您想要哪一種等級的座位？

B What class do you want?
華特　克萊斯　睹　優　忘特

你們有哪些？

A What do you have?
華特　睹　優　黑夫

我們有頭等艙和商務艙。

B We have first class and business class.
屋依　黑夫　福斯特 克萊斯　安　　逼斯泥斯　克萊斯

我想要頭等艙的座位。

A I want the first class seat.

愛　忘特　勒　福斯特　克萊斯　西特

頭等艙是二千元。

B The first class seat is two thousand dollars.

勒　福斯特　克萊斯　西特　意思　凸　　騷忍　　搭樂斯

二千元？那麼單程票價是多少？

A Two thousand? And what is the one-way fare?

凸　　騷忍　　安　華特意思　勒　萬　位　費兒

一個人是一千兩百元。

B It's one thousand and two hundred dollars per

依次　萬　　騷忍　　安　凸　哼濁爾　搭樂斯　波

person.

波審

延伸句型

來回程票價是多少錢？

▶ How much is the round-trip airfare?

好　　罵區　意思　勒　日望的初一波　愛爾費兒

來回程（票價）是多少錢？

▶ How much does it cost for a round-trip?

好　　罵區　　得斯　一特　寇斯特　佛　亡　日望的初一波

4

Unit 4 訂機位

重點單字

fly

福賴

飛航

基礎句型

你們有五月一日從台北到西雅圖的班機嗎？

▶ Do you fly from Taipei to Seattle on May first?

賭　優　福賴　防　　台北　兔　西雅圖　忘　美　佛斯特

早安。這是大陸航空。

A Good morning. This is Continental Airlines.

　　估摸寧　　　利斯　意思　卡低那透　　艾爾藍斯

你們有五月一日從台北到西雅圖的班機嗎？

B Do you fly from Taipei to Seattle on May first?

賭　優　福賴　防　　台北　兔　西雅圖　忘　美　佛斯特

請稍等。

A Wait a moment, please.

位特　さ　摩門特　　普利斯

沒問題。

B No problem.

弄　　撲拉本

我查一下是否有任何班機。

A I will see if there are any flights.

愛我　吸 一幅 淚兒 阿 安尼 富賴斯

謝謝。

B Thanks.

山克斯

我們有一班五月一日直達的班機。

A We have a nonstop flight on May first.

屋依 黑夫 亡 那司踏不 富賴特 忘 美 佛斯特

我要訂這一個班次。

B I'd like to book this flight.

愛屋 賴克 兔 不克 利斯 富賴特

延伸句型

我要訂兩張機票。

▶ I'd like to book two seats.

愛屋 賴克 兔 不克 凸 西資

我要預訂一個座位去西雅圖。

▶ I'd like to reserve a seat to Seattle.

愛屋 賴克 兔 瑞色夫 亡 西特 兔 西雅圖

我要訂一張來回機票的班機。

▶ I'd like to book a round-trip flight.

愛屋 賴克 兔 不克 亡 日望的初一波 富賴特

我要預定飛機班次。

▶ I'd like to make a flight reservation.

愛屋 賴克 兔 妹克 亡 富賴特 瑞惹非循

Unit 5

指定訂位班機

重點單字

flight
富賴特
班次

基礎句型

我要訂五月一日的 241 班次機票。
▶ I'd like to book flight 241 on May first.
愛屋 賴克 兔 不克 富賴特 凸佛萬 忘 美 佛斯特

我要訂五月一日的 241 班次機票。
A I'd like to book flight 241 on May first.
愛屋 賴克 兔 不克 富賴特 凸佛萬 忘 美 佛斯特

好的。請問您的大名？
B Okay. May I have your name, please?
OK 美 愛 黑夫 幼兒 捏嗯 普利斯

我的名字是克里斯•懷特。
A My name is Chris White.
買 捏嗯 意思 苦李斯 懷特

您的名字怎麼拼？
B How do you spell your name?
好 賭 優 司背爾 幼兒 捏嗯

C-H-R-I-S W-H-I-T-E。
A C-H-R-I-S W-H-I-T-E.

CHRIS WHITE

好的。請稍等。
B Okay. Please wait a moment.

OK 普利斯 位特 亡 摩門特

沒問題。
A No problem.

弄 撲拉本

您想要什麼時候離境？
B When do you want to leave?

昏 賭 優 忘特 兔 力夫

在五月一日。
A It's on May first.

依次 忘 美 福斯特

延伸句型

我要預訂一個座位去西雅圖。
▶ I'd like to reserve a seat to Seattle.

愛屋 賴克 兔 瑞色夫 亡 西特 兔 西雅圖

我要預訂五月一日到西雅圖的最早航班。
▶ I'd like to book the first flight to Seattle for

愛屋 賴克 兔 不克 勒 福斯特 富賴特 兔 西雅圖 佛

May first.

美 佛斯特

Unit 6

訂兩張機票

重點單字

book

不克

訂購

基礎句型

我要訂兩張機票。

▶ I'd like to book two seats.

愛屋 賴克 兔 不克 凸 西資

我要訂兩個人從台北到西雅圖的機票。

A I'd like to book two seats from Taipei to Seattle.

愛屋 賴克 兔 不克 凸 西資 防 台北 兔 西雅圖

好的。早上九點有一班，還有一班是早上十點。

B Okay. There is a flight at 9 am and one at 10 am.

OK 淚兒 意思亡 富賴特 ㄟ 耐 am 安 萬 ㄟ 天 am

就這些？

A Is that all?

意思 類 歐

是的，先生。您想要哪一班？

B Yes, sir. Which would you prefer?

夜司 捨 會區 屋揪兒 埔里非

我要早上九點的那一個班次。

A I'd like the 9 am one.

愛屋 賴克 勒 耐 am 萬

請給我二位的名字。

B Please give me both of your names.

普利斯 寄 密 伯司 歐夫 幼兒 捏嗯斯

是喬治・喬丹和瑪格麗・特梅森。

A It's George Jordan and Margaret Mason.

依次 喬治 喬丹 安 瑪格麗特 梅森

好的。

B Okay.

OK

我們應該要什麼時候要到機場？

A What time should we arrive at the airport?

華特 太门 秀得 屋依 阿瑞夫ㄟ 勒 愛爾破特

二位要在早上八點前到達機場。

B You have to be at the airport before 8 am.

優 黑夫 兔 逼 ㄟ 勒 愛爾破特 必佛 ㄟ特 am

我們會的。

A We will.

屋依 我

Unit 7

訂直達班機

重點單字

nonstop

那司踏不

直達（班機等）

基礎句型

我要直達的班機。

▶ I'd like a nonstop flight.

愛屋 賴克 さ 那司踏不 富賴特

我要預約從台北到西雅圖的機票。

A I want to make a reservation from Taipei to
Seattle.

愛忘特 兔 妹克 さ 瑞惹非循 防 台北 兔

西雅圖

好的。您想要什麼時候離開？

B Okay. When do you want to leave?

OK 昏 賭 優 忘特 兔 力夫

我想要在下星期三離開。

A I want to leave on next Wednesday.

愛忘特 兔 力夫 忘 耐司特 忘斯斯得

讓我幫您查一查。

B Let me check it for you.

　　勒　密　　切客 一特 佛　優

另外，我要直達的班機。

A By the way, I'd like a nonstop flight.

　　百　勒　　位　愛屋 賴克 亡 那司踏不 富賴特

好的。從台北到西雅圖的直達班機。

B Okay. A nonstop from Taipei to Seattle.

　　OK　亡 那司踏不　防　　台北　兔 西雅圖

延伸句型

我要預訂直達的班機。

▶ I'd like to book a nonstop flight.

　愛屋 賴克 兔　不克 亡 那司踏不　富賴特

我要預訂從台北到西雅圖的直達航班。

▶ I'd like to book a nonstop flight from Taipei

　愛屋 賴克 兔　不克 亡 那司踏不　　富賴特　防　　台北

　to Seattle.

　兔　西雅圖

Unit 8 訂轉機班機

重點單字

stop-over
司踏不　　　歐佛
中途停留

基礎句型

我要訂需要轉機的班機。
▶ I'd like a stop-over flight.
愛屋　賴克　亡　司踏不　歐佛　富賴特

我要訂到西雅圖的轉機班機。

A I'd like a stop-over flight to Seattle.
愛屋　賴克　亡　司踏不　歐佛　富賴特　兔　西雅圖

我要訂到西雅圖的轉機班機。

您可以在東京轉機嗎？

B Can you stop over in Tokyo?
肯　優　司踏不　歐佛　引　偷其歐

我覺得這不是個好主意。

A I don't think it's a good idea.
愛動特　施恩克　依次　亡　估的　哀低兒

或是您想要在夏威夷轉機？

B Or you can stop over in Hawaii if you want.
歐優　肯　司踏不　歐佛　引　哈瓦夷　一幅　優　忘特

我比較喜歡在香港轉機。

A I prefer to stop over in Hong Kong.

愛 埔里非 兔 司踏不 歐佛 引　　航　　抗

一班從台北到西雅圖在香港轉機的班機。

B A stop-over flight in Hong Kong from Taipei to

A 司踏不-歐佛　富賴特 引　航　　抗　　防　　台北　兔

Seattle.

西雅圖

是的。

A Yes.

夜司

請稍候。

B Please wait a moment.

普利斯　位特 亡　摩門特

基礎句型

我要訂到西雅圖的轉機班機。

▶ I'd like a stop-over flight to Seattle.

愛屋 賴克 亡 司踏不 歐佛　富賴特 兔　西雅圖

Unit 9 訂來回機票

重點單字

round-trip
口望的　初一波
來回行程

基礎句型

我要訂一張來回機票。
▶ I'd like to book a round-trip ticket.
愛屋 賴克 兔　不克 亡　口望的 初一波 踢雞特

我要訂一張來回機票。
A I'd like to book a round-trip ticket.
愛屋 賴克 兔　不克 亡　口望的 初一波 踢雞特

您計畫去哪裡？
B Where do you plan to go?
灰耳　賭 優　不蘭 兔 購

從台北到香港。
A From Taipei to Hong Kong.
防　台北 兔 航 抗

您想要什麼時候離境？
B When do you want to depart?
昏　賭 優　忘特 兔　低怕的

從這個星期一到星期五都可以。

A During this Monday to Friday would be fine.

丟引 利斯 慢得 兔 富來得 屋 逼 凡

我們這個星期三有航班。

B We have a flight on this Wednesday.

屋依 黑夫 亡 富賴特 忘 利斯 忘斯斯得

星期三？好的。我要訂這一個航班。

A Wednesday? O.K. I will book this flight.

忘斯斯得 ＯＫ 愛我 不克 利斯 富賴特

請問您的大名？

B May I have your name, please?

美 愛 黑夫 幼兒 捏嗯 普利斯

Unit 10 訂早晨班機

重點單字

morning flight
摸寧　　　富賴特
早上的班機

基礎句型

我偏好早上的班機。
▶ I'd prefer a morning flight.
愛屋 埔里非 亡　摸寧　　富賴特

我想要在五月一日飛芝加哥。
A I want to fly to Chicago on the first of May.
愛 忘特 兔 福賴兔　芝加哥　忘 勒 佛斯特 歐夫 美

好的。讓我查一查哪一班飛機有位子。
B Okay. Let me see which one is available.
OK　勒 密 吸　會區　萬 意思 A肥樂伯

我偏好早上的班機。
A I'd prefer a morning flight.
愛屋 埔里非 亡　摸寧　　富賴特

我們有241班機八點離境。
B We have Flight 241 leaves at eight.
屋依　黑夫 富賴特 凸佛萬 力夫斯 ㄟ ㄟ特

好。我要訂兩個座位。

A Great. I'll book two seats.

鬼雷特　愛我　不克　凸　西資

沒問題的，先生。

B No problem, sir.

弄　撲拉本　捨

我應該什麼時候到機場？

A What time should I have to be at the airport?

華特　太ㄇ　秀得　愛　黑夫　兔　逼　ㄟ　勒　愛爾破特

登機報到的時間在四點卅分。

B The check-in time is four thirty.

勒　切客　引　太ㄇ　意思　佛　捨替

班機時刻

重點單字

boarding time
伯丁　　　　　太ㄇ
班機時刻表

基礎句型

你能替我查班機時刻表嗎？
► Could you check the boarding time for me?
　苦揪兒　切客　勒　伯丁　太ㄇ　佛　密

你能替我查班機時刻表嗎？
A Could you check the boarding time for me?
　　　苦揪兒　切客　勒　伯丁　太ㄇ　佛　密

請告訴我班機號碼。
B Please tell me the flight number.
　普利斯　太耳　密　勒　富賴特　拿波

241 號班機。
A It's Flight 241.
　依次　富賴特　凸佛萬

241 號(班機)沒有在飛機時刻表中。
B There is no 241 on the boarding schedule.
　淚兒　意思　弄　凸佛萬　忘　勒　伯丁　司給九

你確定？
A Are you sure?
　阿　　優　　秀

是的，先生，我很確定。
B Yes, sir, I am sure.
　夜司　捨　愛　M　秀

延伸句型

登機時間是什麼時候？
▶ What's the boarding time?
　　華資　　勒　　伯丁　　太ㄇ

班機準時起飛嗎？
▶ Is the flight on time?
　意思　勒　富賴特　忘　太ㄇ

我要知道班機抵達和離境的資訊。
▶ I'd like to know flight arrival and departure
　愛屋　賴克　兔　弄　　富賴特　阿瑞佛　安　低趴球
　information.
　　引佛沒訓

⊙ 12

Unit 12 班機抵達的時間

重點單字

arrive
阿瑞夫
抵達

基礎句型

241 次班機何時抵達？
▶ What time does the Flight 241 arrive?
華特　太ㄇ　得斯　勒　富賴特　凸佛萬　阿瑞夫

241 次班機何時抵達？
A What time does the Flight 241 arrive?
華特　太ㄇ　得斯　勒　富賴特 凸佛萬 阿瑞夫

請您稍等。
B Would you please wait for a moment?
屋揪兒　普利斯　位特　佛ㄜ　摩門特

好的。
A Sure.
秀

241 號班機會在五點鐘準時抵達。
B The Flight 241 will arrive at 5 o'clock on time.
勒　富賴特 凸佛萬 我　阿瑞夫 ㄟ 肥福A克拉克 忘　太ㄇ

A

我瞭解了。非常感謝您。

I see. Thank you so much.

愛 吸　　山揪兒　蒐　罵區

B

不客氣。

You are welcome.

優　阿　威爾康

13

Unit 13 班機誤點

重點單字

delay
滴淚
延遲

基礎句型

飛機因為濃霧而延誤了。

▶ The plane was delayed by heavy fog.

勒　不蘭　瓦雌　滴淚的　百　黑肥　發哥

早安。這是大陸航空。

A Good morning. This is Continental Airlines.

估　摸寧　利斯 意思　卡低那透　艾爾藍斯

241次班機何時抵達？

B What time does Flight 241 arrive?

華特　太门　得斯　富賴特 凸佛萬 阿瑞夫

241航班下午四點才會抵達。

A The Flight 241 won't arrive until 4 pm.

勒　富賴特 凸佛萬　甕　阿瑞夫 骯提爾 佛 pm

這個航班應該在今天早上抵達的。

B It should be arrived this morning.

一特 秀得　逼　阿瑞夫的 利斯　摸寧

飛機因為濃霧而延誤了。

A The plane was delayed by heavy fog.

　勒　不蘭　瓦雌　滴淚的　百　黑肥　發哥

我知道了。非常謝謝你。

B I see. Thank you so much.

　愛吸　　　山揪兒　　蔑　罵區

延伸句型

如果我的飛機延誤，我應該要怎麼辦？

▶ What should I do if my flight is delayed?

　華特　秀得　愛　賭 一幅　買　富賴特 意思　滴淚的

14

變更班機

重點單字

change

勸居

更改

基礎句型

我想變更我的班機。

▶ I'd like to change my flight.

愛屋 賴客 兔　勸居　買　富賴特

聯合航空您好。

A United Airlines.

又乃踢 艾爾藍斯

我是克里斯 • 懷特。

B This is Chris White calling.

利斯 意思 苦李斯 懷特　摳林

有什麼需要我效勞的嗎？

A What can I do for you?

華特　肯 愛 睹 佛 優

我想變更我的班機。

B I'd like to change my flight.

愛屋 賴客 兔　勸居　買　富賴特

您想要改到什麼時候呢？
A When do you want it to be?

昏　賭　優　忘特 一特兔 逼

我想把班機改成下午四點的那班飛機。
B I'd like to reschedule the flight at 4 pm.

愛屋 賴客兔　瑞司給九　勒　富賴特 ㄟ 佛 pm

很抱歉，先生，四點的班機已經沒有機位了。
A Sorry, sir, the 4 pm flight is completely booked.

蒐瑞　捨　勒 佛 pm 富賴特意思 抗舖特里　不克的

喔，我該怎麼辦？
B Oh, what can I do?

喔　華特　肯 愛賭

如果您願意，我可以幫您排到候補名單中。
A I can put you on a waiting list if you would like.

愛肯　鋪　優　忘 ㄤ　位聽 力司特 一幅 優　屋　賴克

請幫我(排候補名單)。
B Please do it for me.

普利斯　賭 一特 佛密

Unit 15 取消訂位

重點單字

cancel
砍嗽
取消

基礎句型

我想要取消我的預約訂位。
▶ I want to cancel my reservation.
愛 忘特 兔 砍嗽 買 瑞惹非循

午安。這是中國航空。
A Good afternoon. This is China Airlines.
估 世副特怒 利斯 意思 喘納 艾爾藍斯

我訂了明天飛往紐約的班機。
B I had a reservation to New York tomorrow.
愛黑的亡 瑞惹非循 兔 紐 約 特媽樓

我能為您效勞什麼嗎？
A What can I do for you?
華特 肯愛賭 佛 優

我想要取消我的預約訂位。
B I want to cancel my reservation.
愛 忘特 兔 砍嗽 買 瑞惹非循

好的，請告訴我您的大名。

A Okay. Please tell me your name.

　OK　　普利斯　太耳　密　　幼兒　捏嗯

蘇菲亞•史密斯。

B Sophia Smith.

　蘇菲　　史密斯

我會立即取消您的預約。

A I will cancel your reservation right now.

　愛我　砍嗽　幼兒　瑞惹非循　軟特　惱

延伸句型

我可以取消我的預約嗎？

▶ Can I cancel my reservation?

　　肯愛　砍嗽　買　瑞惹非循

我要退我的機票。

▶ I'd like a refund on my flight ticket.

　愛屋 賴克 さ 蕊放的　忘 買 富賴特 踢雞特

如果我取消班機，我可以退款嗎？

▶ If I cancel my flight would I get my money

　一幅愛 砍嗽　買 富賴特 屋 愛給特買 曼尼

back?

　貝克

⊙ 16

Unit 16 確認機位

重點單字

reconfirm
蕊康福
再確認

基礎句型

我想再確認機位。
▶ I'd like to reconfirm a flight.
愛屋 賴克 兔　蕊康福　　亡 富賴特

我想替懷特先生再確認機位。
A I'd like to reconfirm a flight for Mr. White.
愛屋 賴客兔　蕊康福　亡 富賴特 佛 密斯特 懷特

班機號碼和離境的日期是什麼時候？
B What's the flight number and date of departure.
華茲　勒 富賴特 拿波　安　得特 歐夫 低趴球普利斯

是十月一日的 421 班機。
A It's flight 421 on October first.
依次 富賴特 佛凸萬 忘　阿倫伯　佛斯特

還有請給我他的全名。
B And his full name, please.
安 厂ー斯 佛　捏嗯　普利斯

名字是克里斯●懷特。

A The name is Chris White.

　勒　捏嗯 意思 苦李斯 懷特

請稍候，我確認班機。

B Please wait one moment, I'll confirm the flight.

　普利斯　位特　萬　摩門特　愛我　康粉　勒　富賴特

謝謝您。

A Thank you.

　山揪兒

懷特先生的位子已經確認無誤了。

B Mr. White's seat is reconfirmed.

　密斯特 懷特斯　西特 意思 蕊康福的

延伸句型

我可以幫我的父母確認機位嗎？

▶ Can I reconfirm flight for my parents?

　肯 愛　蕊康福　富賴特 佛 買　配潤斯

我要如何確認機位？

▶ How can I confirm my flights?

　好　肯 愛　康粉　買　富賴斯

Chapter 2

在機場

17

Unit 1 詢問登機報到處

重點單字

check in

切客　　引

報到登記

基礎句型

我該在哪裡辦理登機手續？

▸ Where may I check in?

灰耳　美　愛　切客　引

請問一下。

A Excuse me.

ㄟ克斯Q斯　咪

請說。

B Yes?

夜司

你能幫我一個忙嗎？

A Could you do me a favor?

苦揪兒　賭　咪　さ 肥佛

好的，我能為你做什麼？

B Sure, what can I do for you?

秀　華特　肯 愛 賭 佛　優

我該在哪裡辦理 CA 航空登機手續？
A Where may I check in for CA Airlines?

　灰耳　美　愛　切客　引　佛　CA　艾爾藍斯

直走。
B Go straight ahead.

　購　斯踹特　耳黑的

然後呢？
A And then?

　安　蘭

你就會看到 CA 的櫃台在你的右手邊。
B You will see the CA counter on your right.

　優　我　吸　勒　CA　考特耳　忘　幼兒　軟特

我知道了。非常感謝你。
A I see. Thank you so much.

　愛　吸　　山揪兒　　蒐　罵區

不客氣。
B You are welcome.

　優　阿　威爾康

延伸句型

CA（航空）的登機報到櫃台在哪裡？
▶ Where is the CA check-in counter?

　灰耳　意思　勒　CA　切客　引　考特耳

旅遊實用篇

⊙ 18

Unit 2

登機報到

重點單字

passport and visa
怕撕破　　　　安　　v灑
護照和簽證

基礎句型

我要辦理登機報到。
▶ I'd like to check in.
愛屋 賴克 兔 切客 引

我要辦理登機報到。
A I'd like to check in.
愛屋 賴克 兔 切客 引

請給我護照和簽證。
B Passport and your visa, please.
怕撕破　安 揪兒 V灑 普利斯

在這裡。
A Here you are.
ㄏ一爾 優 阿

請稍候。
B Wait a moment, please.
位特 古 摩門特 普利斯

好的。謝謝你。
A Sure. Thank you.
　秀　　山揪兒

好了。這是你的登機證。
B Okay. This is your boarding pass.
　OK　利斯 意思 幼兒　伯丁　　怕斯

延伸句型

我現在可以辦理登機報到嗎？
► Can I check in now?
　肯 愛　切客　引　惱

我可以在哪裡辦理登機報到？
► Where can I check in for my flight?
　灰耳　　肯 愛　切客　引 佛　買　富賴特

我何時可以辦理回程的登機報到？
► When can I check in for my return flight?
　昏　肯 愛　切客　引 佛　買　瑞疼　富賴特

Unit 3 劃位

重點單字

---

window seat
屋依斗　　　西特
靠窗戶的座位

基礎句型

我想要一個靠窗戶的座位。
► I'd like a window seat.
愛屋 賴克 亡　屋依斗　　西特

我要辦理登機報到。
A I'd like to check in.
愛屋 賴克 兔 切客 引

請給我您的護照和機票。
B May I have your passport and ticket?
美 愛 黑夫 幼兒　怕撕破　安　踢雞特

給你。
A Here you are.
ㄏㄧ爾 優 阿

好的。
B Okay.
OK

我可以要靠窗戶的座位嗎？

A May I have a window seat?

美 愛 黑夫 さ 屋依斗 西特

我看看。剛好有剩下一個靠窗戶的座位。

B Let's see. There is a window seat left.

辣資 吸 涙兒 意思 さ 屋依斗 西特 賴夫特

非常謝謝你。

A Thank you so much.

山揪兒 蒐 罵區

這是你的護照和登機證。

B Here is your passport and boarding pass.

ㄏ一爾 意思 幼兒 怕撕破 安 伯丁 怕斯

延伸句型

我要一個靠窗的座位。

▶ I'd like to have a seat by the window.

愛屋 賴克 兔 黑夫 さ 西特 百 勒 屋依斗

我要一個靠走道的座位。

▶ I'd like to have an aisle seat.

愛屋 賴克 兔 黑夫 恩 愛喔 西特

你可不可以幫我安排到非吸煙區？

▶ Could you arrange a non-smoking area for me?

苦 優 さ潤居 さ 拿 斯墨客引 阿蕊阿 佛 密

⊙ 20

Unit 4

行李托運

重點單字

baggage
背格居
行李

基礎句型

您有行李要托運嗎？
▶ Do you have any baggage to check in?
賭　優　黑夫　安尼　背格居　兔　切客　引

您有行李要托運嗎？
A Do you have any baggage to check in?
賭　優　黑夫　安尼　背格居　兔　切客　引

有的，都在這裡。
B Yes, there it is.
夜司　淚兒　一特意思

請將它放在磅秤上。
A Put it on the scale, please.
鋪一特忘　勒　司凱爾　利斯

好的。
B Okay.
OK

九十公斤。它們超重了。

A It's ninety kilograms. They are overweight.

　依次　耐踢　課漏鬼母斯　　勒　阿　　歐佛為特

我要付多少錢？

B How much should I pay for it?

　好　　罵區　秀得　愛配　佛一特

二百元的超載費。

A Two hundred dollars for excess baggage.

　凸　　哼濁爾　搭樂斯　佛　一個色司　背格居

哇！好貴喔！

B Wow, it is so expensive.

　哇　一特　意思　蔻　一撕半撕

延伸句型

我能多早托運我的行李？

► How early am I allowed to check in my

　好　　兒裡　M　愛　阿樓的　　兔　切客　引　買

baggage for my flight?

　背格居　　佛　買　富賴特

國內航班的隨身行李限制有哪些？

► What are the carry-on baggage restrictions

　華特　阿　勒　卡瑞　忘　背格居　　瑞司春訓斯

for domestic flights?

　佛　奪沒司踢課　富賴斯

Unit 5 行李重量限制

重點單字

allowance
歐羅倫斯
允許額

基礎句型

行李重量限額是多少？
▶ What is the baggage allowance?

華特　意思　勒　　背格居　　　歐羅倫斯

我可以帶這件（行李）上飛機嗎？

A Can I bring this on the plane?

肯　愛　鋪印　利斯　忘　勒　不蘭

請將它放在磅秤上。

B Please put it on the scale.

普利斯　　鋪一特　忘　勒　司凱爾

沒問題。

A No problem.

弄　　撲拉本

抱歉，您不能帶這件行李上飛機。

B Sorry, you may not bring this on the plane.

蒐瑞　優　美　那　鋪印　利斯　忘　勒　不蘭

它太重了嗎？
A Is it too heavy?

意思 一特 兔 黑肥

是的，沒錯。
B Yes, it is.

夜司 一特 意思

行李重量限額是多少？
A What is the baggage allowance?

華特 意思 勒 背格居 歐羅倫斯

是十公斤。
B It's ten kilograms.

依次 天 課漏鬼母斯

延伸句型

CA 航空的免費的行李托運允許額是多少？
▶ What is the free baggage allowance on CA

華特 意思 勒 福利 背格居 歐羅倫斯 忘 CA

Airlines?

愛爾 來恩斯

我的行李超重了嗎？
▶ Is my baggage overweight?

意思 買 背格居 歐佛為特

22

Unit 6 行李超重費

重點單字

excess baggage
一個色司　　背格居
超重行李

基礎句型

行李超重費是多少錢？
▶ How much is the excess baggage charge?
好　罵區 意思 勒 一個色司　背格居　差居

請將它放在磅秤上。
A Put it on the scale, please.
鋪 一特 忘 勒　司凱爾　普利斯

好的。
B Sure.
秀

您的行李比限定的重量還重。
A Your baggage is heavier than the allowance.
幼兒　背格居　意思 黑肥爾　連　勒　歐羅倫斯

你們航空公司的行李重量限額是多少？
B What is the baggage allowance of your airline?
華特 意思 勒　背格居　歐羅倫斯　歐夫 幼兒 愛爾來恩

每個人是二十公斤。
B It's twenty kilograms per person.

依次　湍踢　課漏鬼母斯　波　波審

行李超重費是多少錢？
A How much is the excess baggage charge?

好　罵區 意思 勒 一個色司　背格居　差居

(行李超重費)是二百元。
B It's two hundred dollars.

依次 凸　哼濁爾　搭樂斯

Unit 7 托運的行李標籤

重點單字

baggage tag

背格居　　太格

行李標籤

基礎句型

行李標籤在哪裡？

▶ Where is the baggage tag?

灰耳　意思　勒　背格居　太格

有任何行李要托運嗎？

A Do you have any baggage to be checked?

賭　優　黑夫　安尼　背格居　兔　逼　切客的

有的，我有兩件(行李)。在這裡。

B Yes, I have two. Over here.

夜司　愛　黑夫　凸　歐佛　厂一爾

請將它們放在磅秤上。

A Please put them on the scale.

普利斯　鋪　樂門　忘　勒　司凱爾

好的。

B Sure.

秀

您自己打包行李的嗎？

A Did you pack all the bags yourself?

低　優　怕課　歐　勒　背格斯　幼兒塞兒夫

是的。

B Yes.

夜司

好了。這是您的登機證。

A Okay. Here is your boarding pass.

OK　ㄏ一爾 意思 幼兒　伯丁　怕斯

行李標籤在哪裡？

B Where is the baggage tag?

灰耳　意思　勒　背格居　太格

行李標籤附在機票上。

A The baggage tag is attached to the flight ticket.

勒　背格居　太格 意思 ㄟ踏區的　兔 勒　富賴特 踢雞特

延伸句型

請給我我的行李標籤好嗎？

▶ May I have my baggage tags?

美　愛　黑夫　買　背格居　太格斯

Unit 8

隨身行李

重點單字

> **hand-carry bag**
> 和的　　卡瑞　　背格
> 隨身攜帶的袋子

基礎句型

它們都是隨身帶的袋子。
▶ They are all hand-carry bags.
　勒　阿　歐　和的　卡瑞　背格斯

請給我護照、簽證和飛機票。
A Passport, visa and ticket, please.
　怕撕破　　V灑安　踢難特　普利斯

給你。
B Here you are.
　厂一爾　優　阿

有行李要托運嗎？
A Any baggage to be checked?
　安尼　背格居　兔　逼　切客的

沒有。這些都是隨身帶的袋子。
B No. They are all hand-carry bags.
　弄　勒　阿　歐　和的　卡瑞　背格斯

您確定？它們看起來很重！

A Are you sure? They look so heavy!

　阿　優　秀　　　勒　路克蒐　黑肥

我知道。但是它們都是易碎的。

B I know. But they are so fragile.

　愛　弄　　霸特　勒　　阿蒐　飛九

好吧，只要小心點。

A Okay. Just be careful.

　OK　　賈斯特　逼　卡耳佛

我會的。

B I will.

　愛　我

祝您旅程愉快！

A Have a nice flight.

　黑夫　兀　耐斯　富賴特

謝謝你。

B Thank you.

　　山揪兒

延伸句型

這件我可以帶上飛機嗎？

▶ Can I bring this on the plane?

　肯　愛　鋪印　利斯　忘　勒　不蘭

我可以隨身帶這個袋子嗎？

▶ May I carry this bag with me?

　美　愛　卡瑞　利斯　背格　位斯　密

◎ 25

Unit 9
行李不托運

重點單字

> # check
> 切客
> (行李)托運

基礎句型

這件行李我不托運。
▶ I won't check this baggage.
愛　甕　　切客　利斯一斯　背格居

只有這兩件行李嗎？
A Is it just the two pieces of luggage?
意思一特 賈斯特 勒　凸　　批斯一斯 歐夫　拉雞居

是的。
B Yes.
夜司

有其他手提行李嗎？
A Any hand luggage at all?
安尼　和的　拉雞居　ㄟ　歐

只有這一個袋子。
B Just this one bag here.
賈斯特 利斯 萬　背格　ㄏ一爾

您確定？
A Are you sure?
　阿　優　秀

是的。我不托運這個袋子。
B Yes. I won't check this bag.
　夜司　愛　甕　　切客　利斯　背格

好吧！
A All right.
　歐　軟特

行李重量限額是多少？
B What is the baggage allowance?
　華特　意思　勒　　背格居　　　歐羅倫斯

是十公斤。
A It's ten kilograms.
　依次　天　　課漏鬼母斯

別擔心。它們只有八公斤。
B Don't worry. They are only eight kilograms.
　動特　窩瑞　　勒　　阿　翁裡　ㄟ特　課漏鬼母斯

延伸句型

這個袋子是我的隨身行李。
▶ I will keep this bag as my hand baggage.
　愛我　機舖　利斯　背格ㄟ斯買　和的　背格居

⊚ 26

登機證

重點單字

boarding pass
伯丁　　　　　　怕斯
登機證

基礎句型

這是您的登機證。
▶ Here is your boarding pass.
ㄏㄧㄦ 意思 幼兒　　伯丁　　怕斯

可以給我您的機票和護照嗎？
A May I see your tickets and passport, please?
美 愛 吸　幼兒 踢雞斯　安　怕撕破　　普利斯

在這裡。
B Here you are.
ㄏㄧㄦ 優 阿

只有這四件行李嗎？
A And is it just the four pieces of luggage?
安 意思 一特 賈斯特勒　佛　批斯一斯 歐夫 拉雞居

是的。
B Yes.
夜司

還有手提行李嗎？

A Any hand luggage at all?

安尼　和的　　拉雞居　　ㄟ　歐

只有這裡的這兩個袋子。

B Just these two bag here.

賈斯特 利斯　　凸　背格 ㄏㄧ爾

好了。這是您的登機證。

A Okay. Here is your boarding pass.

OK　　ㄏㄧ爾 意思 幼兒　　伯丁　　怕斯

謝謝你。

B Thank you.

山揪兒

延伸句型

您的登機門是在十號。

► Your gate number is ten.

幼兒　給特　　拿波　意思　天

班機會在五點鐘開始登機。

► The flight will start boarding at five.

勒　富賴特　我　司打　　伯丁　　ㄟ 肥福

登機門

重點單字

Gate Six
給特　細伊斯
六號登機門

基礎句型

六號登機門在哪裡？
▶ Where is the Gate Six?
灰耳　意思　勒　給特　細伊斯

您需要幫忙嗎？
A Do you need any help?
賭　優　尼的　安尼　黑耳ㄅ

是的。你可以告訴我六號登機門在哪裡嗎？
B Yes. Could you tell me where the Gate Six is?
夜司　苦揪兒　太耳　咪　灰耳　勒　給特 細伊斯 意思

直走您就會看到在左手邊。
A Go straight ahead and you will see it on the left.
購　斯端特　耳黑的　安　優　我　吸一特忘　勒　賴夫特

我不太懂你的意思。
B I don't understand what you said.
愛 動特　骯得史丹　華特　優　曬得

好吧！我帶您去登機報到櫃臺。

A All right. I'll walk you to the check-in counter.

歐 軟特 愛我 臥克 優 兔 勒 切客 引 考特耳

非常謝謝你。

B Thank you so much.

山揪兒 蒐 罵區

已開始登機了。您最好要快點。

A It's started boarding. You had better hurry up.

依次 司打的 伯丁 優 黑的 杯特 喝瑞 阿舖

延伸句型

這班飛機的登機門在哪裡？

▶ Where is the boarding gate for this flight?

灰耳 意思 勒 伯丁 給特 佛 利斯 富賴特

十號登機門在哪裡？

▶ Where is the Gate 10?

灰耳 意思 勒 給特 天

確認登機門

Unit 12

重點單字

boarding gate
伯丁　　　　　給特
登機門

基礎句型

登機門號碼是九號。
▶ The Gate Number is Nine.
勒　給特　　拿波　意思　耐

我不知道我應該在哪裡登機。
A I don't know where I should get board.
愛 動特　弄　　灰耳 愛　秀得　給特 伯的

登機證上有登機門號碼。
B The gate number is on the boarding pass.
勒　給特　拿波　意思 忘 勒　　伯丁　　怕斯

真的？我看看。
A Really? Let me see.
瑞兒裡　　勒　咪　吸

在右邊。看見了嗎？
B It's on the right side. Do you see it?
依次 忘 勒　軟特 塞得　賭 優　吸 一特

喔，我找到了。
A Oh, I found it.
　喔 愛 方的 一特

登機門號碼是九號。
B The Gate Number is Nine.
　勒　給特　　拿波　意思　耐

非常感謝你。
A Thank you very much.
　　山揪兒　　肥瑞　罵區

不客氣。
B You are welcome.
　優　阿　　威爾康

/延伸句型

這是去西雅圖的登機門嗎？
▶ Is this the gate for Seattle?
　意思 利斯　勒　給特　佛　　西雅圖

Unit 13 詢問登機門在何處

重點單字

over there
歐佛　　　淚兒
在那個地方

基礎句型

登機門在哪裡？
▶ Where is the boarding gate?
灰耳　意思　勒　　伯丁　　　給特

能告訴我登機門在哪裡嗎？
A Would you tell me where the boarding gate is?
屋揪兒　太耳　咪　灰耳　勒　　伯丁　　給特 意思

您的登機門是幾號？
B What is your boarding gate number?
華特 意思　幼兒　伯丁　　給特　　拿波

是四號登機門。
A It's Gate Four.
依次　給特　佛

我看看。在那個地方。
B Let's see. It's over there.
辣資　吸　依次 歐佛　淚兒

我知道了。

A I see.

愛 吸

你最好要快點。

B You had better hurry up.

優 黑的 杯特 喝瑞 阿鋪

我會的。非常感謝你。

A I will. Thank you very much.

愛我 山揪兒 肥瑞 罵區

不客氣。

B Sure.

秀

延伸句型

我應該到哪裡登機？

▶ Where should I get on the plane?

灰耳 秀得 愛 給特 忘 勒 不蘭

Unit 14 詢問登機時間

重點單字

boarding time
伯丁　　　　太ㄇ
登機時間

基礎句型

什麼時候登機呢？
▶ When is the boarding time?
　昏　意思　勒　　伯丁　　太ㄇ

請問一下。
A Excuse me.
　ㄟ克斯Q斯　咪

請說。
B Yes?
　夜司

什麼時候登機呢？
A When is the boarding time?
　　昏　意思　勒　　伯丁　　太ㄇ

登機時間是八點卅分。
B The boarding time is at eight thirty.
　勒　　伯丁　　太ㄇ　意思　ㄟ　ㄟ特　捨替

最晚什麼時候要辦理登機報到手續？

A By what time should I check in?

百　華特　太ㄇ　秀得　愛　切客　引

至少在離境前一個小時。

B At least one hour before departure.

ㄟ　利斯特　萬　傲爾　必佛　　低趴球

這班飛機的登機門在哪裡？

A Where is the boarding gate for this flight?

灰耳　意思　勒　　伯丁　　給特　佛利斯　富賴特

你的飛機會從六號登機門起飛。

B Your flight will leave from Gate Six.

幼兒　富賴特我　力夫　　防　　給特　細伊斯

延伸句型

我要什麼時候登機？

▶ When should I get board?

昏　　秀得　愛給特　伯的

什麼時候開始登機？

▶ What time will boarding start?

華特　太ㄇ　我　　伯丁　　司打

我應該要什麼時候到機場？

▶ What time should I arrive at the airport?

華特　　太ㄇ　秀得　愛　阿瑞夫　ㄟ　勒　愛爾破特

旅遊實用篇

◎ 31

15 開始登機

重點單字

get on
給特　忘
搭乘（飛機、交通工具等）.

基礎句型

什麼時候開始登機？
▶ What time will boarding start?
華特　太ㄇ　我　伯丁　　司打

這是你的登機證和護照。
A Here is your boarding pass and passport.
ㄏㄧ爾 意思 幼兒　伯丁　　怕斯　安　怕撕破

謝謝你。
B Thank you.
山揪兒

別太晚去搭飛機。
A Don't be late to get on the plane.
動特　逼　淚　兔 給特 忘 勒 不蘭

什麼時候開始登機？
B What time will boarding start?
華特　太ㄇ　我　伯丁　　司打

十點鐘。

A Ten o'clock.

　天　A克拉克

現在幾點鐘？

B What time is it now?

　華特　太ㄇ 意思 一特 惱

我猜大約九點。

A About nine, I guess.

　世保特　耐　愛 給斯

所以是一個鐘頭後(開始登機)。

B So it's in an hour.

　蔻 依次 引 恩 傲爾

延伸句型

這個班機已開始登機了嗎？

▶ Has this flight started boarding?

黑資　利斯　富賴特　司打的　　伯丁

菜英文
旅遊實用篇

32

Unit
16
指示登機門方向

重點單字

get board
給特　　伯的
登機

基礎句型

我應該到哪裡登機？
▶ Where should I get board?
灰耳　　秀得　愛　給特　伯的

請問，我應該到哪裡登機？
A Excuse me, where should I get board?
ㄟ克斯Q斯　咪　　灰耳　　秀得　愛　給特　伯的

請由六號登機門登機。
B Please board through Gate Six.
普利斯　　伯的　　輸入　　給特　細伊斯

六號登機門在哪裡？
A Where is the Gate Six?
灰耳　意思勒　給特　細伊斯

右轉後你就會看到在你的右手邊。
B Turn right and you will see it on your right.
疼　軟特　安　優　我　吸一特忘 幼兒 軟特

謝謝你。再見。
A Thank you. Bye.
　　山揪兒　　拜

延伸句型

左轉。
► Turn left.
　　疼　賴夫特

直走。
► Go straight ahead.
　　購　斯端特　　耳黑的

在右手邊。
► It's on the right side.
　　依次　忘　勒　軟特　塞得

在左手邊。
► It's on the left side.
　　依次　忘　勒　賴夫特　塞得

往樓上走。
► Go upstairs.
　　購　阿鋪斯得爾斯

菜英文
旅遊實用篇

33

Unit
17
機場稅

重點單字

airport tax
愛爾破特　　太司
機場稅

基礎句型

機場稅是多少錢？
► How much is the airport tax?
好　　罵區　意思　勒　愛爾破特　太司

我應該在哪裡付機場稅？
A Where should I pay the airport tax?
灰耳　　秀得　愛　配　勒　愛爾破特　太司

在那裡。
B It's over there.
依次　歐佛　　淚兒

機場稅是多少錢？
A How much is the airport tax?
好　　罵區　意思　勒　愛爾破特　太司

一人一百元。
B It's one hundred dollars per person.
依次　萬　哼濁爾　搭樂斯　波　波審

好的。這是機場稅。

A Okay. Here you are.

OK 厂一爾 優 阿

Unit 18 詢問轉機事宜

重點單字

connecting flight
卡耐特引　　　富賴特
轉機

基礎句型

當我要轉機時，我應該做什麼？
► What can I do while I'm in transit?
華特　肯　愛賭　壞兒　愛門　引　穿私特

你能幫我一個忙嗎？
A Could you do me a favor?
苦揪兒　賭　咪　亡　肥佛

我能為您作什麼嗎？
B What can I do for you?
華特　肯　愛賭　佛　優

當我要轉機時，我應該做什麼？
A What can I do while I'm in transit?
華特　肯　愛賭　壞兒　愛門　引　穿私特

您要去哪裡？
B Where do you want to go?
灰耳　賭　優　忘特　兔　購

我要轉機到西雅圖。

A I'm in transit to Seattle.

愛門 引　穿私特 兔　西雅圖

您要到那個轉機櫃檯去。

B You have to go to that connecting counter.

優　黑夫 兔　購 兔　類　卡耐特引　考特耳

延伸句型

如何轉乘轉機班機？

▶ How to change planes for a connecting flight?

好　兔　勸居　不蘭斯　佛 亡　卡耐特引　富賴特

轉機候機室在哪裡？

▶ Where is the transit lounge?

灰耳　意思 勒　穿西特　龍居

國內航廈在哪裡？

▶ Where is the domestic terminal?

灰耳　意思 勒　奪沒司踢課　特門諾

有機場接駁車服務嗎？

▶ Is there an airport shuttle service?

意思　淚兒　恩　愛爾破特　下斗　蛇密斯

Unit 19 轉機

重點單字

---

connect
卡耐
(交通工具)銜接

基礎句型

我要轉搭 CA(航空)班機。
► I am connecting with CA flight.
愛 M　卡耐特引　　位斯　CA　富賴特

早安，女士。
A Good morning, madam.
　佑　　摸寧　　　妹登

我要轉中華航空 CA241 班機。
B I'm connecting with CA-241.
愛M　卡耐特引　　位斯　CA 凸佛萬

請給我您的護照和簽證。
A May I have your passport and visa, please?
美 愛 黑夫　幼兒　怕撕破　安　V 灑　普利斯

在這裡。
B Here you are.
厂一爾　優　　阿

這是您的登機證。

A Here is your boarding pass.

ㄏㄧㄦ 意思 幼兒　　伯丁　　　怕斯

登機時間是四點鐘。

The boarding time is at four o'clock.

　勒　　　伯丁　　太ㄇ意思ㄟ　佛　Aㄎ拉ㄎ

延伸句型

我要轉機。

► I am in transit.

　愛 M　引　穿私特

我要如何轉機？

► How should I transfer?

　好　　秀得　　愛　穿私佛

我要如何轉機到西雅圖？

► How should I transfer to Seattle?

　好　　秀得　　愛　穿私佛　兔　西雅圖

Chapter 3

在飛機上

Unit 1

提供座位尋找

重點單字

seat
西特
座位

基礎句型

我的座位號碼是 27E。
► My seat number is 27E.
買　西特　拿波　意思　湍踢塞門 E

先生，歡迎搭乘。
A Welcome aboard, sir.
　威爾康　　阿伯的　捨

我來幫忙找您的座位好嗎？
May I help you find your seat?
美　愛黑耳ㄆ　優　煩的　幼兒　西特

麻煩你了。我的座位號碼是 27E。
B Please. My seat number is 27E.
普利斯　　買　西特　　拿波　意思　湍踢塞門 E

在您的左手邊。
A It's on your left.
依次　忘　幼兒　賴夫特

這是靠走道的座位嗎？

B Is it an aisle seat?

意思 一特 恩 愛喔 西特

不，是靠窗戶的座位。

A No, it is a window seat.

弄 一特 意思 亡 屋依斗　西特

多謝。

B Thanks a lot.

山克斯　亡 落的

Unit 2

協尋座位

重點單字

> ## find
> 煩的
> 尋找

基礎句型

我找不到我的座位。

▶ I couldn't find my seat.

　愛　庫鄧　　煩的　買　西特

我找不到我的座位。

A I couldn't find my seat.

　愛　庫鄧　　煩的　買　西特

您的座位是幾號？

B What is your seat number?

　華特 意思 幼兒　西特　　拿波

是 24G。

A It's twenty-four G.

　依次　湍踢　　佛　G

好的，是個在左邊靠窗的位子。

B Okay. It's a window seat on the left.

　OK　依次 亡 屋依斗　西特　忘　勒　賴夫特

A 我知道了。非常感謝你。
I see. Thank you very much.
愛 吸　　　山揪兒　　肥瑞 罵區

B 不客氣。
You are welcome.
優　阿　威爾康

延伸句型

▶ 你能告訴我，我的座位在哪裡嗎？
Can you tell me where my seat is?
肯　優 太耳 咪　灰耳　買 西特 意思

▶ 我的座位在哪裡？
Where is my seat?
灰耳 意思 買 西特

▶ 15A 的座位在哪裡？
Where is seat 15A?
灰耳 意思 西特 非福聽 A

38

找到座位

重點單字

take
坦克
引導至（某處）

基礎句型

能請你幫我帶位嗎？
▶ Would you please take me to my seat?
　屋揪兒　　普利斯　　坦克　咪　兔　買　西特

歡迎登機。
A Welcome aboard.
　威爾康　　阿伯的

能請你幫我帶位嗎？
B Would you please take me to my seat?
　　屋揪兒　　普利斯　坦克　咪　兔　買　西特

當然好的。請給我看您的登機證。
A Of course. May I see your boarding pass?
　歐夫　寇斯　　美　愛　吸　幼兒　　伯丁　　怕斯

在這裡。
B Here you are.
　厂一爾　優　　阿

我看看，28C，請走這邊。

A Let's see...twenty-eight C, this way please.

辣資　吸　　湍踢　ㄟ特　C　利斯　位　普利斯

謝啦！

B Thanks.

山克斯

先生，這就是您的座位。

A This is your seat, sir.

利斯 意思 幼兒　西特　捨

是這個靠走道的座位嗎？

B Is this aisle seat?

意思利斯　愛喔　西特

是的，就是這個。

A Yes, it is.

夜司　一特 意思

旅遊實用篇

Unit 4、 **坐錯座位**

重點單字

seat
西特
座位

基礎句型

這是我的座位。

▶ This is my seat.

利斯　意思　買　西特

抱歉，這是 32L 嗎？

A Excuse me. Is this thirty-two-L?

ㄟ克斯Q斯　咪　意思　利斯　捨替　凸　L

32L？不是的，這是 31L。

B thirty-two-L? No, it's thirty-one-L.

捨替　凸　L　弄　依次　捨替　萬　L

你恐怕坐了我的座位。

A I am afraid you have my seat.

愛M　哀福瑞特　優　黑夫　買　西特

真的？我看看。

B Really? Let me see.

瑞兒裡　勒　咪　吸

好的。

A Sure.

秀

哎呀，這是 32L。抱歉。

B Oops, it's thirty-two-L. Sorry.

歐司　依次　捨替　凸　L　蒐瑞

沒關係。

A It's all right.

依次　歐　軟特

延伸句型

這不是我的座位。

▶ This is not my seat.

利斯　意思　那　買　西特

這是你的座位嗎？

▶ Is this your seat?

意思　利斯　幼兒　西特

你坐在我的座位上。

▶ You are sitting in my seat.

優　阿　西聽引　引　買　西特

Unit 5

座位被人霸佔

重點單字

sit
西
坐著

基礎句型

有人坐我的位子。
► Someone is sitting in my seat.
　桑萬　　意思　西聽引　引　買　西特

空少，你能幫我一個忙嗎？
A Steward, would you do me a favor?
　使嘟我的　　　　屋揪兒　賭　咪　亡 肥佛

有什麼我能為您效勞的嗎？
B What can I do for you?
　華特　　肯愛 賭佛　優

我認為有人坐了我的座位。
A I think someone is sitting in my seat.
　愛 施恩克　　桑萬　　意思　西聽引 引　買　西特

我馬上為您處理這個問題。
B I'll solve this problem for you immediately.
　愛我 殺夫　利斯　　撲拉本　　佛　優　　隱密的特裡

很抱歉麻煩您了。

A Sorry to bother you.

蒐瑞　兔　芭樂　優

沒問題的。

B No problem.

弄　撲拉本

延伸句型

這個恐怕是我的座位。

▶ I'm afraid this is my seat.

愛門　哀福瑞特　利斯　意思　買　西特

Unit 6

換座位

重點單字

> # change
> 勸居
> 更改

基礎句型

我能不能換座位？
► Can I change my seats?
　肯　愛　勸居　　買　西資

我能為您作什麼？
A What can I do for you?
　華特　　肯　愛賭佛　優

我能換座位嗎？
B Can I change my seats?
　肯　愛　勸居　　買　西資

有什麼問題嗎？
A Something wrong?
　　桑性　　　弄

我太太跟我被分開了。
B My wife and I are separated.
　買　歪夫　安　愛　阿　塞婆瑞踢特

好的，我看看我能作什麼。
A Sure, let's see what I can do.
　　秀　　辣資 吸　華特 愛 肯 賭

我們能移到吸煙區嗎？
B Can we move to the smoking area?
　　肯 屋依 木副　兔 勒　斯墨客引　阿蕊阿

我可以替您安排。
A I can arrange it for you.
　　愛 肯　亡潤居 一特 佛　優

非常感謝您。
B Thank you so much.
　　　山揪兒　　蒐 罵區

延伸句型

我的座位可以移到非吸煙區嗎？
▶ Can I move to the non-smoking area?
　　肯 愛 木副 兔 勒　拿　斯墨客引　阿蕊阿

我能和您換座位嗎？
▶ Can I change my seats with you?
　　肯 愛 勸居　買　西資　位斯　優

Unit 7

要求提供幫助

重點單字

excuse

ㄟ克斯Q斯

原諒

基礎句型

抱歉麻煩你一下。

▶ Excuse me.

ㄟ克斯Q斯　咪

抱歉麻煩你一下。

A Excuse me.

ㄟ克斯Q斯　咪

需要我幫忙嗎？

B May I help you?

美　愛　黑耳ㄆ優

你們有中文報紙嗎？

A Do you have any Chinese newspaper?

賭　優　黑夫　安尼　喘尼斯　紐斯派婆

是的，我們有。

B Yes, we do.

夜司　屋依　賭

還有我可以要一副撲克牌嗎？

A And may I have a pack of playing cards?

安　美　愛　黑夫　亡　怕課　歐夫　鋪淚銀　卡斯

好的，先生，您還需要其他東西嗎？

B Yes, what else do you need, sir?

夜司　華特　愛耳司　賭　優　尼的　捨

現在就這些。

A That's all for now.

類茲　歐佛　惱

好的，我馬上回來。

B Okay, I'll be right back with you.

OK　愛我　逼　軟特　貝克　位斯　優

延伸句型

請幫我一下好嗎？

► Could you help me with this?

苦揪兒　黑耳夂　密　位斯　利斯

43

Unit 8 盥洗室

重點單字

lavatory
賴佛特瑞
盥洗室

基礎句型

盥洗室在哪裡？
▶ Where is the lavatory?
　灰耳 意思 勒　賴佛特瑞

請問。
A Excuse me.
ㄟ克斯Q斯　咪

請說。
B Yes?
夜司

盥洗室在哪裡？
A Where is the lavatory?
　灰耳 意思 勒　賴佛特瑞

就在走道的盡頭。
B It's down on the aisle.
依次　黨　忘　勒　愛喔

走道盡頭？
A Down on the aisle?
黨　忘　勒　愛喔

沒錯，是的。
B Yes, it is.
夜司 一特 意思

我了解了，謝謝你。
A I see. Thank you very much.
愛 吸　　　山揪兒　肥瑞　罵區

不客氣。
B You are welcome.
優　阿　威爾康

延伸句型

(廁所)是空的嗎？
▶ Is this vacant?
意思 利斯　肥肯

不是，(裡面)有人。
▶ No, it is occupied.
弄 一特 意思 阿秋派的

Unit 9

要求提供物品

重點單字

have

黑夫

擁有

基礎句型

我能要一條毯子嗎？
▶ May I have a blanket?

　美　愛　黑夫　亡　不藍妻特

我覺得有一些冷。我能要一條毯子嗎？
A I feel cold. May I have a blanket?

愛非兒 寇得　　美 愛 黑夫 亡 不藍妻特

好的，請稍等。
B Sure. Please wait a moment.

　秀　　普利斯　位特 亡 摩門特

好的。
A Okay.

　OK

我幫您拿一件來。
B I will get one for you.

愛我　給特　萬　佛　優

謝謝。
A Thanks.

　山克斯

您是不是也需要枕頭？
B Would you also like a pillow?

　屋揪兒　歐叟　賴克士　披露

好的。你能也給我一些啤酒嗎？
A Sure. Could you get me some beer too?

　秀　　　苦揪兒　給特　咪　桑　逼耳　兔

當然好，我馬上回來。
B Certainly. I will be right back with you.

　捨特里　愛我　逼　軟特　貝克　位斯　優

延伸句型

可以給我一副撲克牌嗎？
▶ May I have a pack of playing cards?

　美　愛　黑夫　士　怕課　歐夫　舖淚銀　　卡斯

可以給我一副耳機嗎？
▶ May I have a headset?

　美　愛　黑夫　士　黑的塞特

你們有中文報紙嗎？
▶ Do you have any Chinese newspaper?

　賭　優　黑夫　安尼　喘尼斯　　紐斯派婆

Unit
10
請求協助填表格

重點單字

fill out
飛爾　凹特
填寫

基礎句型

你能告訴我如何填寫嗎？
▶ Could you tell me how to fill it out?
苦揪兒　太耳　咪　好　兔 飛爾一特 四特

您需要海關申報表嗎？
A Do you need the Customs Form?
賭　優　尼的　勒　卡司湯姆斯　佛

我需要，麻煩你了。
B Yes, please.
夜司　普利斯

給您。
A Here you are.
厂一爾　優　阿

你能告訴我如何填寫嗎？
B Could you tell me how to fill it out?
苦揪兒　太耳　咪　好　兔 飛爾一特 四特

A 您在這一個空白欄填上您的名字⋯。

You write down your name in this blank....

優　瑞特　黨　幼兒　捏嗯　引　利斯　不藍克

B 我知道。

I see.

愛　吸

延伸句型

要如何填寫？

▶ How to fill it out?

好　兔　飛爾　利斯　凹特

請你說明一下如何填寫這張表格好嗎？

▶ Could you explain how to fill this out?

苦揪兒　一課絲不蘭　好　兔　飛爾　利斯　凹特

給我一份海關申報表好嗎？

▶ May I have a customs declaration form?

美　愛　黑夫　岜　卡司湯姆斯　　得課瑞訓　　佛

Unit 11　放置行李

重點單字

put
鋪
放置

基礎句型

我可以自己來。
▶ I can handle all by myself.
愛 肯　和斗　歐 百　買塞兒夫

先生，這是您的行李嗎？
A Is this your baggage, sir?
意思 利斯 幼兒　背格居　捨

是的，是我的。
B Yes, it's mine.
夜司　依次　賣

您不能將行李放在走道上。
A You can't put your baggage on the aisle.
優　肯特　鋪 幼兒　背格居　忘 勒 愛喔

我應該怎麼辦？
B What should I do?
華特　秀得 愛賭

您應該要將您的袋子放在椅子下。

A You should put your bag under the seat.

優　秀得　鋪　幼兒　背格　航得　勒　西特

喔，對不起。

B Oh, sorry.

喔　蔻瑞

我幫您把您的行李搬上去。

A Let me help you put your baggage up.

勒　咪　黑耳ㄆ　優　鋪　幼兒　背格居　阿鋪

我可以自己來。

B I can handle all by myself.

愛　肯　和斗　歐　百　買塞兒夫

延伸句型

我都弄好了，總之，還是謝謝。

▶ I am all set. But thanks anyway.

愛 M　歐 塞特　霸特　山克斯　安尼位

菜英文
旅遊實用篇

⊙ 47

Unit 12 餐點的選擇

重點單字

dinner
丁呢
晚餐

基礎句型

你們有什麼？
▶ What do you have?
　華特　賭　優　黑夫

晚餐您想吃什麼？
A What would you like for dinner?
　華特　　屋揪兒　賴克　佛　丁呢

你們有什麼？
B What do you have?
　華特　賭　優　黑夫

我們提供雞肉和牛肉。
A We have chicken and beef.
　屋依　黑夫　七墾　　安　畢福

我要吃牛肉，謝謝。
B I'd like beef, please.
　愛屋　賴克　畢福　　普利斯

好的，這是您的餐點。

A Okay. Here you are.

　OK　　ㄏㄧ爾　優　阿

我有點特殊餐點。

▶ I have ordered a special meal.

　愛 黑夫　歐得的　ㄜ　斯背秀　睦爾

我有幫我的母親點低脂餐點。

▶ I have ordered a low fat meal for my mother.

　愛 黑夫　歐得的　ㄜ　漏 肥特 睦爾 佛　買　媽得兒

這不是我點的餐點。

▶ This is not what I ordered.

　利斯 意思 那　華特 愛　歐得的

Unit 13 提供素食的餐點

重點單字

meal
睞爾
餐點

基礎句型

你們有素食餐點嗎？
▶ Do you have vegetarian meal?
賭　優　黑夫　佛居特泥爾　睞爾

晚餐時間到了。

A It's about dinner time.
依次 世保特　丁呢　太ㄇ

難怪我肚子有一點餓。

B No wonder I am kind of hungry.
弄　王得　愛 M　砍特 歐夫 航鬼力

打擾一下。

A Excuse me.
ㄟ克斯 Q 斯　咪

需要我的協助嗎？

C May I help you?
美　愛　黑耳ㄆ 優

你們有素食嗎？
A Do you have vegetarian meal?

睹　優　黑夫　佛居特泥爾　睒爾

我們有飯和麵。
C We have rice and noodle.

屋依　黑夫　瑞司　安　奴的

我瞭解。
A I see.

愛吸

您喜歡哪一種？
C Which one do you prefer?

會區　萬　睹優　埔里非

請給我們麵。
A We would like to have noodle, please.

屋依　屋　賴克兔　黑夫　奴的　普利斯

Unit 14 提供飲料

重點單字

drink
朱因克
喝（飲料）

基礎句型

我能要一杯柳橙汁嗎？
▶ May I have a glass of orange juice?
美　愛　黑夫　さ　給雷斯　歐夫　歐寧居　救斯

打擾一下！
A Excuse me.
ㄟ克斯Q斯　咪

請説。
B Yes?
夜司

我有一點口渴。
A I am a little thirsty.
愛　M　さ　裡頭　捨司踢

您想要喝什麼？
B What would you want to drink?
華特　　屋揪兒　　忘特　兔　朱因克

能給我一杯柳橙汁嗎？
A May I have a glass of orange juice?

美　愛　黑夫　亡　給雷斯 歐夫 歐寧居　救斯

好的，我馬上回來。
B Okay. I will be right back with you.

OK　愛我　逼　軟特　貝克　位斯　優

多謝。
A Thanks a lot.

山克斯　亡 落的

不客氣。
B You are welcome.

優　阿　威爾康

延伸句型

請給我咖啡。
▶ Coffee, please.

咖啡　　普利斯

你們有任何冷飲嗎？
▶ Do you have any cold drinks?

睹　優　黑夫　安尼　寇得　朱因克斯

我能要一杯水嗎？
▶ May I have a glass of water, please?

美　愛　黑夫　亡 給雷斯 歐夫 瓦特　　普利斯

我能喝點飲料嗎？
▶ May I have something to drink?

美　愛　黑夫　　桑性　　兔 朱因克

Unit 15 指定想喝的飲料

重點單字

a glass of

ㄜ　給雷斯　歐夫

一杯（飲料、果汁等）

基礎句型

我可以要一杯熱開水嗎？

▶ May I have a glass of hot water?

美　愛　黑夫　ㄜ　給雷斯　歐夫　哈特　瓦特

您想要喝什麼？

A What would you like to drink?

華特　　屋揪兒　　賴克　兔　朱因克

我可以要一杯熱開水嗎？

B May I have a glass of hot water?

美　愛　黑夫　ㄜ　給雷斯　歐夫　哈特　瓦特

很抱歉我們沒有。但是我們有蘋果汁。

A I am afraid not. But we have apple juice.

愛 M 哀福瑞特　那　霸特　屋依　黑夫　廿婆　救斯

你想要喝嗎？

B How would you like it?

好　　屋揪兒　　賴克　一特

這個嘛…，聽起來也不錯。
C Well, it sounds good too.
　威爾 一特　桑斯　估的　免

很好，我馬上回來。
A Good. Then I will be right back soon.
　估的　　蘭 愛 我 逼　軟特　貝克　　訓

延伸句型

我能要一杯水嗎？
▶ May I have a glass of water, please?
　美　愛　黑夫 さ 給雷斯 歐夫 瓦特　　普利斯

我可以多喝一些咖啡嗎？
▶ Can I have some more coffee?
　肯 愛 黑夫　桑　　摩爾　　咖啡

我可以再多要一杯咖啡嗎？
▶ May I have another cup of coffee?
　美　愛 黑夫　　ㄟ哪耳　卡鋪 歐夫　咖啡

Unit 16

感覺暈機

重點單字

airsick
愛爾 西客
暈機

基礎句型

我覺得暈機。
▶ I feel airsick.
愛 非兒 愛爾西客

您還好吧？
A Are you all right?
　阿　優　歐 軟特

我有點暈機。
B I feel airsick.
愛 非兒 愛爾 西客

您看起來很糟糕。
A You look terrible.
　優　路克　太蘿蔔

我能要一些治療暈機的藥嗎？
B May I have some medicine for airsickness?
美 愛 黑夫 桑　賣得孫　佛　愛爾西客逆司

當然可以，給您。
A Sure. Here you are.
　秀　厂一爾　優　阿

我可以要一杯熱開水嗎？
B May I have a glass of hot water?
　美　愛　黑夫　ㄜ　給雷斯　歐夫　哈特　瓦特

沒問題。
A No problem.
　弄　撲拉本

不要太熱。
B Not too hot, please.
　那　兔　哈特　普利斯

延伸句型

我覺得糟透了！
▶ I feel terrible.
　愛非兒　太蘿葍

我覺得不舒服。
▶ I don't feel well.
　愛　動特　非兒　威爾

我感覺不太舒服。
▶ I am not feeling well.
　愛M　那　非寧　威爾

52

Unit 17

提供醫藥服務

重點單字

medicine

賣得孫

藥品

基礎句型

您需要一些藥嗎？

▶ Do you need some medicine?

　賭　優　尼的　桑　　賣得孫

先生，您還好吧？

A Sir, are you okay?

　捨　阿　優　OK

我不知道。

B I don't know.

　愛 動特 弄

感覺不舒服嗎？

A Not feeling well?

　那　非寧　威爾

我頭痛。

B I have a headache.

　愛 黑夫 さ 黑得客

您需要一些藥嗎？

A Do you need some medicine?

賭　優　尼的　桑　　賣得孫

我需要一些。謝謝你。

B I'd like some, please. Thank you.

愛屋　賴克　桑　　普利斯　　　山揪兒

我馬上回來。

A I will be right back with you.

愛我　逼　軟特　貝克　位斯　優

多謝了。

B Thanks a lot.

山克斯　亡落的

來，這是藥和一杯水。

A Here is the medicine and a glass of water.

厂一爾 意思 勒　· 賣得孫　　安　亡　給雷斯 歐夫 瓦特

它讓我覺得好多了。

B It makes me feel better.

一特 妹克斯　咪　非兒　杯特

延伸句型

你們有暈機藥嗎？

▶ Have you got medicine for airsickness?

黑夫　優　咖　　賣得孫　佛　愛爾西客逆司

Chapter 4

入境

Unit 1 入境審查

重點單字

visit
咪 Z 特
拜訪

基礎句型

我是來出差的。
► It's for business.

依次　佛　逼斯泥斯

請給我您的護照和簽證。
A May I see your passport and visa, please?

美　愛　吸　幼兒　　怕撕破　　安　V灑　普利斯

給你。
B Here you are.

厂一爾　優　阿

您此行的目的是什麼？
A What is the purpose of your visit?

華特　意思　勒　婆婆斯　歐夫　幼兒　咪Z特

我是來出差的。
B It's for business.

依次　佛　逼斯泥斯

您要在哪裡留宿？

A Where are you going to stay?

灰耳　阿　優　勺引　兔　斯得

我會住在四季旅館。

B I will stay at Four Seasons Hotel.

愛我　斯得　ㄟ　佛　西任斯　厚得耳

延伸句型

我來這裡觀光。

▶ I am here for sightseeing.

愛 M　ㄏ一爾　佛　塞吸引

我來這裡旅行。

▶ I am here for touring.

愛 M　ㄏ一爾　佛　兔爾引

我來這裡唸書的。

▶ I am here for studies.

愛 M　ㄏ一爾　佛　史達低斯

只是轉機過境。

▶ Just transit.

賈斯特　穿私特

Unit 2

遞交證件

重點單字

---

passport
怕撕破
護照

基礎句型

這是我的護照和簽證。
► This is my passport and visa.
利斯 意思 買　怕撕破　安 V灑

(請給我)護照和簽證。
A Passport and visa, please.
怕撕破　安 V灑 普利斯

這是我的護照和簽證。
B This is my passport and visa.
利斯 意思 買　怕撕破　安 V灑

我可以看您的回程機票嗎？
A May I see your round-trip ticket?
美 愛 吸 幼兒 日望的 初一波 踢難特

當然可以。在這裡。
B Sure. Here you are.
秀　厂一爾 優 阿

請將您的太陽眼鏡和帽子脫下。

A Please take off your sun glasses and hat.

普利斯　坦克 歐夫 幼兒　桑　給雷斯一斯 安 黑特

好。

B Okay.

OK

您此行的目的是什麼？

A What's the purpose of your visit?

華資　勒　婆婆斯 歐夫 幼兒 咪Z特

只是觀光。

B Just touring.

賈斯特 兔爾引

延伸句型

這是我的護照和簽證。

▶ Here is my passport and visa.

ㄏ一爾 意思 買　怕撕破　安 V灑

在這裡。

▶ Here you are.

ㄏ一爾　優　阿

Unit 3 解釋入境的目的

重點單字

purpose

婆婆斯

目的

基礎句型

我來這裡觀光。

▶ I am here for sightseeing.

愛M ㄏ一爾 佛 塞吸引

您此行的目的為何？

A What's the purpose of your visit?

華資 勒 婆婆斯 歐夫 幼兒 咪Z特

我來這裡觀光。

B I am here for sightseeing.

愛 M ㄏ一爾 佛 塞吸引

這段時間您要在哪裡住宿？

A Where are you going to stay during this trip?

灰耳 阿 優 勾引 兔 斯得 丟引 利斯 初一波

我會住在君悅飯店。

B I am going to stay at the Grand Hyatt Hotel.

愛 M 勾引 兔 斯得 ㄟ 勒 管安 海雅 厚得耳

（飯店）在哪裡？
A Where is it?
　灰耳　意思　一特

在市中心。
B It's in the downtown.
　依次引　勒　黨　　躺

好的，這是您的護照。
A Okay. Here is your passport.
　OK　　厂一爾 意思 幼兒　怕撕破

延伸句型

我來這裡觀光。
▶ I am here for touring.
　愛 M　厂一爾　佛　　兔爾引

我來這裡出差。
▶ I am here for business.
　愛 M　厂一爾　佛　　逼斯泥斯

我來這裡拜訪我的朋友。
▶ I am here to visit my friends.
　愛 M　厂一爾　兔　咪Z特　買　副蘭得斯

56

停留的時間

重點單字

stay
斯得
停留

基礎句型

您要停留多久？
► How long are you going to stay?
好　龍　阿　優　勾引　兔斯得

我是來旅行的。
A I am here for touring.
愛 M ㄏ一爾 佛 兔爾引

您要在英國待多久？
B How long are you going to stay in England?
好　龍　阿　優　勾引　兔斯得 引　英格蘭

大概三個星期。
A About three weeks.
世保特　樹裡　屋一克斯

您是自己一個人旅行的嗎？
B Are you traveling alone?
阿　優　吹佛引　　A弄

不是，我是跟團的。

A No. I am with a travel tour.

弄　愛 M　位斯 亡　吹佛　兔兒

延伸句型

我會在這裡（停留）三個星期。

▶ I'll be here for three weeks.

愛我　逼　厂一爾　佛　樹裡　屋一克斯

我將會在這裡停留四個星期。

▶ I'm going to stay here for four weeks.

愛門　勾引　兔斯得　厂一爾　佛　佛　屋一克斯

Unit 5 停留的期限

重點單字

> # more
> 摩爾
> 更多的

基礎句型

我會在這裡停留一個多星期。

▶ I will stay here for one more week.

愛 我　斯得　ㄏㄧ爾　佛　萬　摩爾　屋ㄧ克

您會在紐約停留多久？

A How long will you be staying in New York?

好　龍　我　優　逼　斯得引　引　紐約

我會在這裡停留一個多星期。

B I will stay here for one more week.

愛我　斯得　ㄏㄧ爾　佛　萬　摩爾　屋ㄧ克

您在這裡有任何親戚或朋友嗎？

A Do you have any relatives or friends here?

賭　優　黑夫　安尼　瑞來踢夫司　歐　副蘭得斯　ㄏㄧ爾

沒有。

B No, I don't.

弄　愛　動特

好的，這是您的護照，(祝你)旅途愉快。

A Okay. Here is your passport. Have a nice trip.

OK　　ㄏㄧㄦ 意思 幼兒　　怕撕破　　　黑夫 ㄜ 耐斯 初一波

延伸句型

一直到本週五之前我都會停留在這裡。

▶ I'll stay here until this Friday.

愛我 斯得　ㄏㄧㄦ 航提爾 利斯 富來得

我下星期就要離開轉往西雅圖。

▶ I am leaving for Seattle next Monday.

愛 M　　力冰　　佛　　西雅圖 耐司特　　慢得

Unit 6 申報物品

重點單字

declare
低課來兒
申報

基礎句型

有沒有要申報的物品？
▶ Do you have anything to declare?
　賭　優　黑夫　安尼性　兔　低課來兒

請給我護照和簽證。
A Passport and visa, please.
　怕撕破　安　V灑　普利斯

在這裡。
B Here you are.
　ㄏㄧ爾　優　阿

有沒有要申報的物品？
A Do you have anything to declare?
　賭　優　黑夫　安尼性　兔　低課來兒

有的，我有四瓶酒。
B Yes, there are four bottles of wine.
　夜司　淚兒　阿　佛　八豆斯　歐夫　屋外

請填寫申報單。
A Please fill up this declaration.
　普利斯　飛爾 阿鋪 利斯　得課瑞訓

好的。
B Okay.
　OK

這些總共是四百元。
A It's four hundred dollars for them.
　依次　佛　哼濁爾　搭樂斯　佛　樂門

延伸句型

有沒有要申報的物品？
▶ Have you got anything to declare?
　黑夫　優　咖　安尼性　兔　低課來兒

攜帶的東西有必須申報的嗎？
▶ Do you have anything to declare?
　賭　優　黑夫　安尼性　兔　低課來兒

Unit 7 為申報物付稅金

重點單字

pay tax
配　太司
付稅金

基礎句型

您要為那些東西付稅金。

▶ You have to pay tax for them.

優　黑夫　兔　配　太司　佛　樂門

袋子裡是什麼東西？

A What is inside this bag?

華特　意思引　塞得　利斯　背格

是酒。

B It's alcohol.

依次　阿爾科喉

您要為超過的三瓶付稅金。

A You have to pay tax for over three bottles.

優　黑夫　兔　配　太司　佛　歐佛　樹裡　八豆斯

稅金是多少？

B How much is the duty?

好　罵區　意思　勒　斗踢

我看看。是六十美元。
A Let's see. It is sixty US dollars.
辣資　吸　一特意思細斯踢 US　搭樂斯

我要怎麼付費呢？
B How should I pay it?
好　秀得　愛 配 一特

延伸句型

為什麼我要為他們付稅？
► Why should I pay tax for them?
壞　秀得　愛　配　太司佛　樂門

Unit 8

無須申報

重點單字

nothing
那性
沒有東西

基礎句型

我沒有要申報的東西。
▶ I have nothing to declare.
愛 黑夫　　那性　　兔　低課來兒

有沒有要申報的東西？
A Anything to declare?
安尼性　　兔　低課來兒

我沒有要申報的東西。
B I have nothing to declare.
愛 黑夫　　那性　　兔　低課來兒

有沒有帶酒或煙？
A Are you carrying any spirits or tobacco?
阿　優　　卡瑞引　　安尼　司批瑞斯 歐　特八扣

沒有，我沒有。
B No, I don't.
弄　愛 動特

能請您打開嗎？

A Would you open it?

　　屋揪兒　歐盆 一特

___

當然可以，沒問題。

B Sure, no problem.

　　秀　　弄　撲拉本

___

延 伸 句 型

我沒有要申報的東西。

▶ I don't have anything to declare.

　愛動特　黑夫　　安尼性　　兔　低課來兒

我有一些免稅商品。

▶ I have some duty-free items.

　愛黑夫　　桑　斗踢　福利　唉疼斯

Unit 9 在海關檢查行李

重點單字

open
歐盆
打開

基礎句型

要我打開行李箱嗎？
▶ Should I open my baggage?
秀得　愛　歐盆　買　背格居

先生，您好。
A Good day, sir.
估的　得　捨

我應該要打開我的行李嗎？
B Should I open my baggage?
秀得　愛　歐盆　買　背格居

是的，麻煩您。
A Yes, please.
夜司　普利斯

好的。在這裡。
B Okay. Here you are.
OK　ㄏ一爾　優　阿

這些是什麼？

A What are these?

華特　阿　利斯

這是給我父母的禮物。

B They are presents for my parents.

勒　阿　撲一忍斯　佛　買　配潤斯

延伸句型

您的袋子裡是什麼？

▶ What's in your bag?

華資　引　幼兒　背格

Unit 10

說明行李內的物品

重點單字

tour
兔兒
旅行

基礎句型

這些是為了這趟旅行而準備的。
► Those are prepared for this tour.
漏斯　阿　埔里派爾的　佛　利斯　兔兒

請出示您的護照和海關申報單。

A Your passport and declaration card, please.
幼兒　怕撕破　安　得課瑞訓　卡　普利斯

我沒有要申報的東西。

B I have nothing to declare.
愛 黑夫　那性　兔　低課來兒

請打開您的行李。

A Open your baggage, please.
歐盆　幼兒　背格居　普利斯

好的。請看。

B Okay. Here you are.
OK　厂一爾　優　阿

那些盒子是什麼？

A What are those boxes?

　華特　阿　漏斯　拔撕一撕

那些藥物是為了這趟旅行而準備的。

B Those medicines are prepared for this tour.

　漏斯　　賣得孫斯　　阿　埔里派爾的　佛　利斯　兔兒

那些呢？

A How about that?

　好　世保特　類

那些是私人物品。

B Those are personal stuff.

　漏斯　阿　波審挪　斯搭福

延伸句型

這些東西都是我私人的用品。

▶ It's all personal effects.

　依次　歐　波審挪　　一非特斯

這是我的個人要使用的。

▶ These are for my personal use.

　利斯　阿　佛　買　波審挪　又司

這是個人用品。

▶ This is personal stuff.

　利斯　意思　波審挪　　斯搭福

Unit
11

違禁品的檢查

重點單字

prohibited items
婆一逼踢的　　　　唉疼斯
違禁品

基礎句型

有沒有攜帶任何違禁品？
▶ Do you have any prohibited items?
賭　優　黑夫　安尼　婆一逼踢的　唉疼斯

將您的行李放在行李檢驗台上。

A Put your baggage on the baggage inspection.
鋪　幼兒　背格居　忘　勒　背格居　隱私配訓

當然。

B Sure.
秀

有沒有攜帶任何違禁品？

A Do you have any prohibited items?
賭　優　黑夫　安尼　婆一逼踢的　唉疼斯

沒有。

B No.
弄

有沒有任何毒品、武器、植物或是動物？

A Any drugs, weapons, plants or animals?

安尼 抓個司　　胃噴斯　　不藍特斯 歐 愛能磨斯

沒有。完全沒有。

B No. Not at all.

弄　那　ㄟ 歐

延伸句型

您有帶任何酒類或香煙嗎？

► Do you have any liquor or cigarettes?

賭　優　黑夫 安尼　力魁爾 歐　西卡瑞斯

您不能帶新鮮水果進入美國。

► You can't bring fresh fruit into the USA.

優　肯特　鋪印　佛來需 福路的 引兔　勒　USA

我們必須沒收他們。

► We have to confiscate them.

屋依 黑夫 兔　康飛斯課的　　樂門

64

詢問免稅額物品

重點單字

tax-free
太司　　福利
免稅

基礎句型

這個不是在免稅限額內嗎？

▶ Is this not within the tax-free limit?

意思 利斯 那　位信　勒　太司 福利 力咪特

請打開您的袋子。

A Please open your bag.

普利斯　歐盆 幼兒 背格

好的。請看。

B Okay. Here you are.

OK　ㄏㄧ爾 優　阿

您要為這些物品付稅金。

A You will have to pay tax for these.

優 我　黑夫 兔 配 太司 佛 利斯

這個不是在免稅限額內嗎？

B Is this not within the tax-free limit?

意思 利斯 那　位信　勒　太司 福利 力咪特

恐怕不是。

A I am afraid not.

愛 M 哀福瑞特 那

為什麼不是？

B Why not?

壞 那

我們要為多增加的葡萄酒課稅。

A We have to charge some duty on the

屋依 黑夫 兔 差居 桑 斗踢 忘 勒

additional bottle wine.

阿亡低訓挪 八豆 屋外

延伸句型

我應該要為這些東西付稅？

▶ Do I have to pay tax for these?

賭 愛 黑夫 兔 配 太司 佛 利斯

我應該要為這些付稅嗎？

▶ Should I pay tax for these?

秀得 愛 配 太司 佛 利斯

65

Unit 13

行李提領

重點單字

baggage claim
背格居　　　　課藍

行李提領

基礎句型

哪裡是行李提領區？
▶ Where is the baggage claim area?
灰耳　意思　勒　背格居　　課藍　阿蕊阿

我可以在哪裡提領我的行李？
A Where could I have my baggage?
灰耳　　苦　愛　黑夫　買　背格居

您可以在行李提領區找到行李。
B You could find baggage at the baggage claim.
優　苦　煩的　背格居　ㄟ　勒　背格居　課藍

哪裡是行李提領區？
A Where is the baggage claim area?
灰耳　意思　勒　背格居　　課藍　阿蕊阿

跟著它走，您就會在您面前看到。
B Follow it and you will see it in front of you.
發樓　一特　安　優　我　吸　一特引　防特　歐夫　優

我瞭解了。謝謝。

A I see. Thank you.

愛 吸　　　山揪兒

延伸句型

請你幫我找我的行李好嗎？

▶ Could you help me find my baggage?

苦揪兒　　黑耳ㄆ　咪　煩的　買　　背格居

我要在哪裡領取我的手提箱呢？

▶ Where can I pick up my suitcase?

灰耳　　肯 愛 批課 阿鋪 買　　素卡司

我要到哪裡去領取我的行李呢？

▶ Where can I get my baggage?

灰耳　　肯 愛 給特 買　　背格居

我正在找我的行李。

▶ I'm looking for my baggage.

愛門　路克引　佛 買　　背格居

66

Unit 14

申報行李遺失

重點單字

report
蕊破特
申報

基礎句型

我找不到我的行李。
► I can't find my baggage.
愛 肯特 煩的 買 背格居

我找不到我的行李。我應該先作什麼？
A I can't find my baggage. What should I do first?
愛 肯特 煩的 買 背格居 華特 秀得 愛 賭 福斯特

我可以看一下您的行李托運單嗎？
B May I see your baggage claim tag?
美 愛 吸 幼兒 背格居 課藍 太格

這是我的行李托運單。
A Here is my claim tag.
厂一爾 意思 買 課藍 太格

好的。請填這張申訴表格。
B Okay. Please fill out this claim form.
OK 普利斯 飛爾 凹特利斯 課藍 佛

這是作什麼用的？

A What is this for?

華特　意思　利斯　佛

當我們找到您的行李時，我們會通知您。

B We will inform you when we find your baggage.

屋依我　引佛　優　昏　屋依煩的　幼兒　背格居

萬一你們找不到怎麼辦？

A What if you couldn't find it?

華特 一幅　優　庫鄧　煩的 一特

航空公司會賠償你。

B The airline will pay you compensation.

勒　愛爾來恩　我　配　優　康噴色訓

我瞭解。謝謝你。

A I see. Thank you.

愛　吸　　山揪兒

延伸句型

行李遺失申報處在哪裡？

▶ Where is the Lost Baggage Service?

灰耳　意思　勒　漏斯特　背格居　蛇密斯

Unit 15 行李遺失

重點單字

> # missing
> 密斯引
> 遺失的

基礎句型

我要申報行李遺失。
▶ I'm reporting a missing suitcase.
愛門　瑞破特引　亡　密斯引　　素卡司

我可能遺失我的行李了。
A I may have lost my baggage.
愛美　黑夫　漏斯特 買　背格居

你應該要去行李遺失服務中心。
B You should go to the Lost Baggage Service.
優　秀得　　購 兔 勒　漏斯特 背格居　　蛇密斯

你知道在哪裡嗎？
A Do you know where it is?
睹　優　弄　　灰耳 一特 意思

我看看。喔，在那裡！
B Let's see. Oh, it's over there.
辣資　吸　喔　依次 歐佛　淚兒

我瞭解了。謝謝你。

A I see. Thank you.

愛吸　　　山揪兒

我要申報行李遺失。

I'm reporting a missing suitcase.

愛門　瑞破特引　亡　密斯引　　素卡司

請填這張申訴表格。

C Please fill out this claim form.

普利斯　飛爾　凹特　利斯　課藍　佛

延伸句型

我沒有看見我的行李。

▶ I don't see my baggage.

愛動特　吸　買　背格居

我找不到我的行李。我應該怎麼辦？

▶ I can't find my baggage. What can I do?

愛肯特　煩的　買　背格居　　華特　肯　愛賭

我的一件行李沒有出來。

▶ One of my bags hasn't come out yet.

萬　歐夫　買　背格斯　黑忍　康　凹特　耶特

我可能遺失我的行李了。

▶ I may have lost my baggage.

愛　美　黑夫　漏斯特　買　背格居

Unit 16 行李遺失的數量

重點單字

favor
肥佛
協助

基礎句型

你能幫我一個忙嗎？
► Could you do me a favor?
　　苦揪兒　　賭　咪 亡　肥佛

抱歉，你能幫我一個忙嗎？
A Excuse me, could you do me a favor?
　ㄟ克斯Q斯　咪　　　苦揪兒　　賭　咪 亡　肥佛

是的，我能為您作什麼？
B Yes, what can I do for you?
　夜司　華特　肯 愛 賭　佛　優

我找不到我的行李。
A I couldn't find my baggage.
　愛　庫鄧　　煩的　買　背格居

少了幾件袋子？
B How many bags are missing?
　好　　沒泥　背格斯 阿　　密斯引

總共有兩件。
A There are two.

　淚兒　阿凸

他們的外觀長什麼樣子？
B What do they look like?

　華特　賭　勒　路克　賴克

它們是紅色有輪子的。
A They are red and with wheels.

　勒　阿瑞德　安　位斯　揮耳斯

好的。我看看能幫上什麼忙。
B Okay. I will see what I can do for you.

　OK　愛我　吸　華特愛肯　賭佛　優

非常感謝！
A Thank you so much.

　山揪兒　蒐　罵區

延伸句型

有幾件行李？
▶ How many pieces of baggage?

　好　沒泥　批斯一斯　歐夫　背格居

我遺失兩個袋子了。
▶ I have lost two bags.

愛黑夫　漏斯特　凸　背格斯

69

Unit 17

遺失行李的外觀

重點單字

suitcase
素卡司
行李箱

基礎句型

是一件大的皮箱。
▶ It's a large suitcase.

依次 古 辣居　素卡司

我正在找我的行李。
A I'm looking for my baggage.

愛門 路克引　佛 買　背格居

請給我您的行李托運卡。
B May I see your claim tag?

美 愛 吸　幼兒　課藍　太格

這是我的行李托運卡。
A Here is my claim tag.

厂一爾 意思買　課藍　太格

請描繪您的行李的外觀好嗎？
B Can you tell me the features of your baggage?

肯　優　太耳 咪　勒　飛球斯　歐夫 幼兒　背格居

是一件紅色的皮箱，掛有我名字的標籤。

A It's a red suitcase with my name tag.

依次 亡 瑞德　素卡司　　位斯 買　　捏嗯　太格

如果我們找到時，我們會通知你。

B We will inform you if we find it.

屋依 我　引佛　　優 一幅 屋依 煩的 一特

你們會多快找到(我的行李)？

A How soon will you find out?

好　訓　　我　優　煩的 凹特

大概兩天的時間。

B About two days.

世保特　凸　得斯

找到行李後，請儘快送到我的飯店。

A Please deliver the baggage to my hotel as

普利斯　低立夫兒 勒　背格居　兔 買　厚得耳 ㄟ斯

soon as you've located it.

訓　ㄟ斯　優夫　樓K踢的 一特

當然。我們會的。

B Sure. We will.

秀　　屋依 我

Chapter 5

兌換外幣

70

Unit 1 兌換錢幣處

重點單字

money
曼尼
貨幣

基礎句型

你能告訴我在哪裡兌換貨幣嗎？
▶ Can you tell me where to change money?
　肯　優　太耳　咪　灰耳　兔　勸居　曼尼

我忘了兌換錢幣了。
A I forgot to change money.
　愛佛咖　兔　勸居　曼尼

真糟糕，你最好快一點去換。
B It's terrible. You had better change it quickly.
　依次　太蘿蔔　優　黑的　杯特　勸居　一特　怪客力

你能告訴我在哪裡兌換外幣嗎？
A Can you tell me where to change money?
　肯　優　太耳　咪　灰耳　兔　勸居　曼尼

你可以去兌換錢幣處。
B You can go to Currency Exchange.
　優　肯　購　兔　柯潤斯　阿司勸居

在哪裡？
A Where is it?

灰耳　意思　一特

就在你後面。
B It's right behind you.

依次　軟特　　逼害　　優

延伸句型

我在哪裡可以兌換貨幣？
▶ Where can I change money?

灰耳　　肯愛　勸居　　曼尼

錢幣兌換處在哪裡？
▶ Where is the Currency Exchange?

灰耳　意思　勒　　柯潤斯　　阿司勸居

Unit 2

匯率

重點單字

rate
瑞特
匯率

基礎句型

現在匯率是多少？
▶ What's the exchange rate now?
　華資　勒　阿司勸居　瑞特　惱

有什麼需要我協助的嗎？
A How may I help you?
　好　美　愛　黑耳ㄆ　優

我想要兌換台幣。
B I want to exchange money into Taiwan dollar.
　愛　忘特　兔　阿司勸居　　曼尼　引兔　台灣　搭樂

您想要用哪一種貨幣兌換？
A What currency you want to convert from?
　華特　柯潤斯　　優　忘特　兔　康佛特　防

從美金(換成台幣)。
B From US dollar.
　防　US　搭樂

好的。

A Okay.

　OK

現在匯率是多少？

B What is the exchange rate now?

　華特 意思 勒　阿司勸居　　瑞特　　惱

現在美金兌換成台幣的匯率是卅四點五。

A The exchange rate from US dollar to Taiwan

　　勒　　阿司勸居　瑞特　防　US　搭樂　兔　台灣

dollar is thirty-four point five.

　搭樂　意思 捨替　佛　　波以特 肥福

我瞭解了，謝謝你的幫助。

B I see. Thank you for your help.

　愛　吸　　　山揪兒　佛　幼兒 黑耳ㄆ

延伸句型

一美元能換多少錢？

▶ How much do I get for one US dollar?

　好　　罵區　賭 愛給特 佛　萬　US　搭樂

Unit 3 將台幣兌換成美金

重點單字

exchange
阿司勸居
兌換

基礎句型

我想要兌換貨幣。
► I want to exchange money.
　愛　忘特　兔　阿司勸居　曼尼

需要我效勞嗎？
A May I help you?
　美　愛黑耳夂　優

我想要把台幣兌換成美金。
B I'd like to change NT dollars into US dollars.
　愛屋 賴克 兔　勸居　NT　搭樂斯　引兔　US　搭樂斯

好的，請先填寫這份申請單。
A Okay. Please fill out this form first.
　OK　　普利斯　飛爾 凹特 利斯 佛　福斯特

申請單和錢給你。
B Here is the form and money.
　厂一爾 意思 勒　佛　安　曼尼

你想要將五千(元)換成美金？

A You want to change 5000 into US dollars?

優　忘特　兔　勸居　　肥福騷忍 引兔　US　搭樂斯

是的。

B Yes.

夜司

這裡是一百四十七元美金。

A Here is one hundred and forty-seven dollars.

厂一爾 意思　萬　哼濁爾　　安　佛踢　塞門　搭樂斯

延伸句型

請將這些（外幣）兌換成美元好嗎？

▶ Can you change this into American dollars?

肯　優　　勸居　利斯　引兔　　阿美綠肯　搭樂斯

我要換一些美元。

▶ I want to change some US dollars.

愛 忘特　兔　勸居　　桑　US　搭樂斯

將紙鈔兌換成零錢

重點單字

small change
斯摩爾　　　　勸居
零錢

基礎句型

我要(將大鈔)換成零錢。
▶ I'd like some small change.
愛屋　賴克　桑　　斯摩爾　　勸居

我要(將大鈔)換成零錢。
A I'd like some small change.
愛屋　賴克　桑　　斯摩爾　　勸居

好的。您要兌換成什麼？
B Okay. What would you like to exchange?
OK　　華特　　屋揪兒　　賴克兔　　阿司勸居

請將二百元美金換成零錢。
A Please break this two hundred US dollars bill.
普利斯　不來客　利斯　凸　　哼濁爾　　US　搭樂斯　比爾

您想兌換成多少？
B How much do you want to exchange?
好　馬區　賭　優　忘特兔　阿司勸居

我想要將兩百元兌換成四張二十元、三張十元，剩下
的是零錢。

A I want to break this two hundred dollars bill into

愛 忘特 兔 不來客 利斯 凸　哼濁爾　搭樂斯 比爾 引兔

four twenties, three tens and the rest in coins.

佛　湍踢斯　樹裡　天斯　安　勒　瑞斯特引 扣因斯

給你(兌換的錢)。

B Here you are.

ㄏ一爾　優　阿

延伸句型

你可以兌換一些零錢給我嗎？

▶ Can you give me some small change?

肯　優　寄　咪　桑　斯摩爾　勸居

我要換開這一張千元紙鈔。

▶ I want to break this thousand bill.

愛 忘特 兔 不來客 利斯　騷忍　　比爾

菜英文
旅遊實用篇

Unit 5

兌換成零錢

重點單字

bill

比爾

紙鈔

基礎句型

你可以將這張千元紙鈔換成零錢嗎？
► Can you break this thousand bill?

　肯　優　不來客　利斯　　騷忍　　比爾

你可以將這張千元紙鈔換成零錢嗎？
A Can you break this thousand bill?

　肯　優　不來客　利斯　　騷忍　　比爾

您要換成多少？
B How much do you want to break?

　好　　馬區　睹　優　忘特　兔　不來客

我要兩張五百元紙鈔。
A I want to have two five hundred bills.

　愛忘特　兔　黑夫　凸　肥福　　哼濁爾　比爾斯

我可以換開五百元，但沒辦法換開一千元。
B I can change a five hundred but not a thousand.

　愛肯　　勸居　亡肥福　哼濁爾　　霸特　那亡　　騷忍

你知道我可以在哪裡換開嗎？

A Where can I get this changed?

灰耳　肯　愛　給特　利斯　勸居的

對面街道就有一家銀行。

B There is a bank right across the street.

淚兒意思它 半課　軟特　耳擴斯　勒　斯吹特

延伸句型

用這個付款找得開嗎？

▶ Can you handle this?

肯　優　和斗　利斯

用這個付款找得開嗎？

▶ Can you take this?

肯　優　坦克　利斯

Unit 6

將支票兌換成現金

重點單字

cash
客需
兌換

基礎句型

你可以把旅行支票換成現金嗎？
► Could you cash a traveler's check?
苦揪兒　客需　ㄊ　吹佛耳斯　切客

抱歉，你可以幫我一個忙嗎？
A Excuse me. Would you do me a favor?
ㄟ克斯Q斯　咪　　屋揪兒　　賭　咪　ㄊ　肥佛

當然好。什麼事？
B Sure. What's up?
秀　　華資　　阿鋪

你可以幫我把旅行支票換成現金嗎？
A Could you cash a traveler's check for me?
苦揪兒　客需　ㄊ　吹佛耳斯　切客　　佛　咪

可以，只要您是我們飯店的旅客。
B Yes, if you are a guest at our hotel.
夜司 一幅 優　阿 ㄊ 給斯特 ㄟ 凹兒 厚得耳

我是。
A I am.
　愛　M

好的。請問您要大鈔還是小鈔？
B Okay. Would you like large or small bills?
　OK　　　　屋揪兒　賴克　辣居　歐　斯摩爾　比爾斯

大鈔。
A Large, please.
　辣居　　普利斯

延伸句型

我要兌換這張支票。
▶ I'd like to cash this check.
　愛屋 賴克 兔 客需 利斯 切客

我要將這張支票兌換為新台幣。
▶ I'd like to cash this check for NT dollars.
　愛屋 賴克 兔 客需 利斯 切客 佛 NT 搭樂斯

你接受旅行支票嗎？
▶ Do you accept traveler's checks?
　睹 優 阿賽波特 吹佛耳斯 切客斯

我要將這張旅行支票兌換成現金。
▶ I'd like to cash this traveler's check.
　愛屋 賴克 兔 客需 利斯 吹佛耳斯 切客

Chapter 6

在飯店

Unit 1

住宿

重點單字

check in
切客　　引
登記住宿

基礎句型

我要登記住宿。
► I'd like to check in.
愛屋 賴克 兔 切客 引

歡迎光臨君悅飯店。
A Welcome to Grand Hyatt Hotel.
威爾康　兔　管安　海雅　厚得耳

我要登記住宿。
B I'd like to check in.
愛屋 賴克 兔 切客 引

您有預約（住宿）嗎？
A Did you have a reservation?
低　優　黑夫 ㄤ　瑞惹非循

有的。我的名字是錢德‧史密斯。
B Yes. My name is Chandler Smith.
夜司 買　捏嗯 意思 錢德勒　史密斯

史密斯先生，讓我為您確認一下。
A Let me check it for you, Mr. Smith.

勒　咪　切客 一特 佛　　優　密斯特 史密斯

謝謝你。
B Thank you.

山揪兒

延伸句型

我有預約（住宿）。
▶ I have a reservation.

愛黑夫　さ　瑞惹非循

今晚有房間嗎？
▶ Can I have a room for tonight?

肯　愛　黑夫　さ　入門　佛　　特耐

旅遊實用篇

完成住宿登記

重點單字

---

floor
福樓

樓層

基礎句型

在幾樓？
▶ What's the floor?
　　華資　勒　福樓

我要登記住宿。
A I'd like to check in.

愛屋 賴克 兔 切客 引

您有預約（住宿）嗎？
B Did you have a reservation?

低 優 黑夫 尢 瑞惹非循

有的，我有預約住宿。
A Yes, I had a reservation.

夜司 愛黑的 尢 瑞惹非循

請問您的大名？
B May I have your name, please?

美 愛 黑夫 幼兒 捏嗯 普利斯

A 好的。錢德·史密斯。
Certainly. Chandler Smith.
捨特里　　錢德勒　　史密斯

B 史密斯先生，我找到您的預約了。
Mr. Smith, I have found your reservation.
密斯特 史密斯　愛　黑夫　方的　幼兒　瑞惹非循

A 很好。
Good.
估的

B 這是您的房間鑰匙。
Here is your room key.
ㄏ一爾意思 幼兒　入門　七

A 在幾樓？
What's the floor?
華資　勒　福樓

B 在第十八樓。
It's on the eighteenth floor.
依次 忘　勒　　ㄟ停隱私　福樓

A 我們稍後會將您的行李送到您的房間。
We will send your luggage to your room later.
屋依 我　善的　幼兒　拉難居　兔　幼兒　入門　淚特

Unit 3

詢問空房

重點單字

room
入門
房間

基礎句型

你們有可住宿三晚的房間嗎？
▶ Do you have room for three nights?
　賭　優　黑夫　入門　佛　樹裡　耐斯

需要我為您效勞嗎？
A What can I do for you?
　華特　肯 愛賭 佛　優

你們有可住宿三晚的房間嗎？
B Do you have room for three nights, please?
　賭　優　黑夫　入門　佛　樹裡　耐斯　普利斯

請稍等。讓我幫您確認。
A Wait a moment, please. Let me check it for you.
　位特 さ　摩門特　普利斯　勒 咪 切客 一特佛 優

好的。
B Sure.
　秀

我們現在有一間單人床的房間。

A We have a single bedroom available now.

屋依　黑夫 さ　心夠　　杯準　　A肥樂伯　　惱

好，我要（住宿）。

B Okay, I will take it.

OK　愛我　坦克 一特

請問您的大名？

A May I have your name, please?

美 愛 黑夫　幼兒　捏嗯　　普利斯

延伸句型

你們有空房嗎？

▶ Do you have any rooms available?

賭　優　黑夫　安尼　入門斯　A肥樂伯

你們今晚有便宜的空房嗎？

▶ Do you have any cheap rooms tonight?

賭　優　黑夫　安尼　去ㄆ　入門斯　特耐

Unit
4

已預約住宿

重點單字

night
耐特
夜晚

基礎句型

我有預約兩晚的住宿。

► I had a reservation for two nights.

愛黑的 さ　瑞惹非循　　佛 凸　　耐斯

先生，我找不到您的名字。

A I couldn't find your name, sir.

愛　庫鄧　煩的 幼兒　捏嗯　　捨

我有預約了兩晚的住宿。

B I had a reservation for two nights.

愛黑的 さ　瑞惹非循　　佛 凸　　耐斯

可以給我看您的確認單嗎？

A May I see your confirmation slip?

美 愛 吸 幼兒　　康奮妹訓　　犀利ㄆ

還有這是確認單。

B Here is the confirmation slip.

ㄏㄧ爾 意思 勒　　康奮妹訓　　犀利ㄆ

好的，我再確認一次。
A All right, I will make sure again.
歐 軟特 愛我 妹克 秀 愛乾

你是應該。
B You should.
優 秀得

先生，很抱歉，我找到您的名字了。
A I am terribly sorry, sir, I found your name.
愛 M 太蘿葡利 蒐瑞 捨 愛 方的 幼兒 捏嗯

很好。
B Good.
估的

這是 156 號房的鑰匙。
A Here is your key to Room one-five-six.
厂一爾 意思 幼兒 七 兔 入門 萬 肥福 細伊斯

我告訴過你我有預約了吧！
B I told you I made a reservation.
愛 透得 優 愛 妹得 亡 瑞惹非循

延伸句型

我已經有預約一個房間了。
▶ I have made a reservation for one room.
愛黑夫 妹得 亡 瑞惹非循 佛 萬 入門

確認住宿天數

重點單字

plan
不蘭
計畫

基礎句型

我打算要在這裡住四晚。

▶ I plan to stay here for four nights.

愛 不蘭　兔 斯得　ㄏ一爾　佛　佛　耐斯

夫人，需要我的協助嗎？

A Madam, may I help you?

妹登　　美　愛黑耳ㄆ 優

是的，我要登記住宿。

B Yes. I'd like to check in.

夜司 愛屋 賴克 兔　切客　引

您有預約住宿嗎？

A Did you make a reservation?

低　　優　妹克 ㄜ　瑞惹非循

沒有，我沒有。

B No, I didn't.

弄 愛 低等

您想要住幾晚？

A How many nights will you be staying?

好　沒泥　耐斯　我　優　逼　斯得引

我打算要在這裡住四晚。

B I plan to stay here for four nights.

愛不蘭　兔　斯得　ㄏㄧㄦ　佛　佛　耐斯

好的。請問您的大名？

A Okay. May I have your name, please?

OK　美　愛黑夫　幼兒　捏嗯　普利斯

Unit 6

延長／更改住宿天數

重點單字

stay
斯得
住宿

基礎句型

我想再多住四晚。

▶ I want to stay four more nights.

愛 忘特 兔 斯得 佛 摩爾 耐斯

打擾一下。

A Excuse me?

ㄟ克斯 Q 斯 咪

是的，需要我協助嗎？

B Yes, may I help you?

夜司 美 愛 黑耳ㄆ 優

我錯過今早的飛機了。

A I missed my plane this morning.

愛 密斯的 買 不蘭 利斯 摸寧

我想要再多住四晚。

I want to stay four more nights.

愛 忘特 兔 斯得 佛 摩爾 耐斯

先生，請問您的大名？
B May I have your name, sir?

美　愛　黑夫　幼兒　捏嗯　捨

我是 618 號房的傑克 • 史密斯。
A I am Jack Smith of room six eighteen.

愛 M　傑克　史密斯 歐夫 入門 細伊斯　愛聽

史密斯先生，我已經更改您的記錄了。
B Mr. Smith, I already change your record.

密斯特 史密斯 愛　歐瑞底　　勸居　　幼兒　瑞扣的

您可以住到這個星期天。
You could stay here until this Sunday.

優　　苦　　斯得　厂一爾　航提爾 利斯　桑安得

延伸句型

我可以多住一晚嗎？
▶ Can I stay one more night?

肯　愛 斯得　萬　摩爾　耐特

我想要更改我的預約。
▶ I'd like to change my reservation.

愛屋賴克　兔　勸居　買　瑞惹非循

Unit 7

退房

重點單字

check-out
切客　　四特
退房

基礎句型

退房的時間是什麼時候？
▶ When is check-out time?
　昏　意思　切客　四特　太ㄇ

什麼時候可以退房？
A When is check-out time?
　昏　意思　切客　四特　太ㄇ

中午十二點之前。
B It's before twelve o'clock at noon.
依次　必佛　退而夫　A克拉克　ㄟ　潤

萬一我到時趕不及怎麼辦？
A What if I can't make it before that?
　華特　一幅　愛　肯特　妹克　一特　必佛　　類

我擔心我會遲到。
I am afraid I'd be late.
愛 M 哀福瑞特 愛屋 逼　　淚

不用擔心。

B Don't worry about it.

動特　窩瑞　世保特 一特

只要讓我們知道您什麼時候要退房。

Just let us know when you're going to check out.

賈斯特 勒 惡斯 弄　　昏　　優阿　　勾引　兔　切客 四特

我真的很感謝。

A I really appreciate it.

愛瑞兒裡　A鋪西ㄟ特　一特

不客氣。

B You are welcome.

優　阿　　威爾康

延伸句型

我想要提早兩天退房。

▶ I'd like to check out two days earlier.

愛屋 賴克 兔　切客　四特 凸　得斯　兒裡耳

Unit 8 單人床的房間

重點單字

one
萬
一人、一個

基礎句型

我要一間單人房。
▶ I'd like a room for one.
愛屋 賴克 さ 　入門 　歐夫 萬

需要我協助嗎？
A May I help you?
　美 愛 黑耳ㄆ 優

是的，我要一個單人房。
B Yes, I'd like a room for one.
夜司 愛屋 賴克 さ 入門 　佛 萬

請問您的大名？
A May I have your name, please?
　美 愛 黑夫 　幼兒 　捏嗯 　普利斯

我的名字是克里斯 • 懷特
B My name is Chris White.
買 捏嗯 意思 苦李斯 懷特

好的，懷特先生。這是您的鑰匙卡片。

A Okay. Mr. White. Here are your key cards.

  OK   密斯特 懷特   ㄏㄧㄦ   阿 幼兒 七   卡斯

您的房號是 241。

Your room number is 241.

  幼兒   入門   拿波 意思 凸佛萬

多謝啦！

B Thanks!

  山克斯

Unit 9

二張床的房間

重點單字

separate
塞婆瑞特
分開的、單獨的

基礎句型

我要一間有兩張床的房間。

▶ I'd like a room for two with separate beds.

愛屋 賴克 亡 入門　佛　凸　位斯　塞婆瑞特　杯的斯

歡迎光臨喜來登飯店。

A Welcome to Sheraton Hotel.

威爾康　兔　喜來登　厚得耳

我能為您服務嗎？

How may I be of service?

好　美　愛　逼 歐夫 蛇密斯

我們要登記住宿。

B We would like to check in.

屋依　屋　賴克 兔 切客 引

要雙人房還是二間單人房？

A A double room or two single rooms?

亡　賭博　入門 歐 凸　心夠　入門斯

我們要有兩張分開的床的房間。

A We'd like a room for two with separate beds.

屋　賴克　士　入門　佛　凸　位斯　塞婆瑞特　杯的斯

好的。

B Okay.

OK

您覺得兩張分開的單人床(房間)如何？

A How about two single separate beds?

好　世保特　凸　心夠　塞婆瑞特　杯的斯

很好。

B That would be fine.

類　屋　逼　凡

Unit 10

雙人床的房間

重點單字

double room
賭博　　　入門
雙人床

基礎句型

我們要一間雙人床房間。
► We would like a double room.
屋依　　屋　　賴克ㄜ　賭博　　入門

抱歉，我們要登記住宿。
A Excuse me, we would like to check in.
ㄟ克斯Q斯　咪　屋依　屋　賴克兔　切客　引

好的，您要哪一種房間？
B Okay. What kind of room do you want?
OK　　華特　砍特　歐夫　入門　賭　優　忘特

我們要一間雙人床房間。
A We would like a double room.
屋依　　屋　　賴克ㄜ　賭博　　入門

我們剛結婚。
We just got married.
屋依賈斯特　咖　　妹入特

我們飯店有提供特別禮物給二位。

B We have a special gift for you.

屋依　黑夫　亡　斯背秀　肌膚特佛　優

真的？是什麼？

A Really? What's that?

瑞兒裡　　華資　類

九折的優待。

B A ten percent off discount.

A天　　波勝　　歐夫　低思考特

有蒸汽浴的房間

重點單字

sauna
桑拿
蒸汽浴

基礎句型

我想要有蒸汽浴的房間。

▶ I want a room with a sauna.

愛 忘特　ㄜ　入門　位斯　ㄜ　桑拿

我兩個星期前有預約住宿。

A I made a reservation two weeks ago.

愛 妹得　ㄜ　瑞惹非循　凸　屋一克斯 A購

請問您的大名？

B May I have your name, please?

美 愛　黑夫　幼兒　捏嗯　　普利斯

蘇菲亞 • 貝克。這是我的確認單。

A Sophia Baker. Here is my confirmation slip.

蘇菲　貝克兒　ㄏㄧ爾意思 買　康奮妹訓　犀利ㄆ

讓我查一查。

B I will check it.

愛我　切客　一特

慢慢來。
A Take your time.
坦克　幼兒　太ㄇ

一間有淋浴設備的單人房，對嗎？
B A single room with a shower, is that right?
ㄜ　心夠　　入門　位斯ㄜ　秀爾　　意思　類　軟特

還有我要有蒸汽浴的房間。
A And I want a room with a sauna.
安　愛　忘特ㄜ　入門　位斯ㄜ　桑拿

很抱歉，我們沒有這項記錄。
B I am sorry, we don't have this record.
愛 M　蒐瑞　屋依　動特　黑夫　利斯　瑞扣的

旅遊實用篇

Unit 12

有景觀的房間

重點單字

view
V 歐
景觀

基礎句型

我偏好有景觀的房間。

► I prefer a room with a view.

愛 埔里非 さ 入門 位斯 さ V歐

你能幫我們預定一間房間嗎？

A Would you reserve a room for us?

屋揪兒 瑞色夫 さ 入門 佛 惡斯

您想要兩張單人床或一張雙人床的房間？

B Would you like a room with two twin beds or

屋揪兒 賴克 さ 入門 位斯 凸 吐一恩 杯的斯 歐

with a double bed?

位斯 さ 賭博 杯的

都可以。

A It doesn't matter.

一特 得任 妹特耳

好的。

B Okay.

　OK

但是我偏好有景觀的房間。

A But I prefer a room with a view.

霸特 愛 埔里非 古 入門　位斯 古 V歐

我會盡我所能。

B I will try my best.

愛我　踹　買　貝斯特

如果可能的話，我想要五樓以下的房間。

A I'd rather stay below the fifth floor if possible.

愛屋 蕊爾　斯得　逼樓　勒　狒附師 福樓 一幅 趴色伯

Unit 13

電話叫醒的服務

重點單字

wake up call
胃課　　阿鋪　　摳
電話叫醒

基礎句型

我能設定明天早上電話叫醒的服務嗎？
► Can I have a morning call tomorrow?
肯　愛　黑夫　乞　　摸寧　　　摳　　　特媽樓

我能設定明天早上電話叫醒的服務嗎？
A Can I have a morning call tomorrow?
肯　愛　黑夫　乞　　摸寧　　　摳　　　特媽樓

當然可以。您想要什麼時間（叫醒）？
B Of course you can. What time do you want?
歐夫　寇斯　　優　肯　　華特　太ㄇ　賭　優　　忘特

我要設定早上八點電話叫醒。
A I'd like to have a wake up call at eight am.
愛屋賴克兔　黑夫　乞　胃課　阿鋪　摳　ㄟ　ㄟ特　am

早上八點鐘。好的。
B Eight o'clock in the morning. Okay.
ㄟ特　A克拉克　引　勒　　摸寧　　　OK

我每一天都要早上叫醒(的服務)。

A I'd like a wake up call every morning.

愛屋　賴克ㄜ　胃課　阿鋪　摳　世肥瑞　　摸寧

沒問題的，先生。

B No problem, sir.

弄　撲拉本　捨

延伸句型

你會在明天八點鐘打電話嗎？

▶ Will you call me at eight o'clock tomorrow?

我　優　摳　密　ㄟㄟ特　A克拉克　特媽樓

你可以明天早上叫醒我嗎？

▶ Could you wake me up tomorrow morning?

苦揪兒　胃課　密　阿鋪　特媽樓　　摸寧

Unit 14 要求加一張床

重點單字

extra
阿斯闊
額外的

基礎句型

我要在 504 房多加一張床。

▶ I'd like an extra cot for Room five-O-four.

愛屋 賴克 恩 阿斯闊 喀特 佛 入門 肥福 O 佛

客戶服務中心，您好。需要我的協助嗎？

A Custom Service Center. How may I be of help?

卡司湯姆 蛇密斯 三特 好 美 愛 逼 歐夫 黑耳勺

是的，我要在 504 房多加一張床。

B Yes, I'd like an extra cot for Room five-O-four.

夜司 愛屋 賴克 恩 阿斯闊 喀特 佛 入門 肥福 O 佛

我們會馬上為您安排。

A We will arrange it for you right away.

屋依 我 亢潤居 一特佛 優 軟特 ㄟ為

這要收多少錢？

B How much does it charge?

好 馬區 得斯 一特 差居

每加一張床要八百元。

A It's eight hundred dollars for each extra cot.

依次 ㄟ特 哼濁爾 搭樂斯 佛 一區 阿斯闊 喀特

我們會在您退房時間向您收費的。

We will charge you when you check out.

屋依我 差居 優 昏 優 切客 四特

好的，謝謝你。

B Good. Thank you.

估的 山揪兒

菜英文
旅遊實用篇

⊙ 90

Unit 15

客房服務

重點單字

room service
入門　　　蛇密斯
客房服務

基礎句型

我要客房服務。

▶ I'd like to order room service.

愛屋 賴克 兔　歐得　入門　　蛇密斯

客戶服務中心，您好。需要我的協助嗎？

A Custom Service Center. May I help you?

卡司湯姆　蛇密斯　三特　美 愛 黑耳ㄆ 優

我要客房服務。

B I'd like to order room service, please.

愛屋 賴克 兔　歐得　入門　　蛇密斯　普利斯

您想要點什麼？

A What do you want to order?

華特　賭　優　忘特 兔 歐得

你能帶一瓶香檳給我們嗎？

B Would you bring us a bottle of champagne?

屋揪兒　鋪印 惡斯ㄊ 八豆 歐夫　香檳

先生，您還需要其他的東西嗎？

A What else do you want, sir?

華特 愛耳司 睹 優 忘特 捨

我想想，還有我要一份雞肉三明治。

B Let's see, and I want a chicken sandwich.

辣資 吸 安愛忘特 七 七墾 三得位七

延伸句型

可以請你送兩個三明治到我的房間嗎？

▶ Could you bring two sandwiches to my room?

苦揪兒 鋪印 凸 三得位七斯 兔 買 入門

可以請你幫我送一壺茶過來嗎？

▶ Could you bring me a pot of tea?

苦揪兒 鋪印 密 亡 怕特 歐夫 踢

供應早餐的時間

重點單字

breakfast
不來客非斯特
早餐

基礎句型

早餐什麼時候供應？
► What time is breakfast served?

華特　太ㄇ　意思　不來客非斯特　色夫的

這是您的鑰匙和早餐券。

A Here is your key and breakfast coupon.

厂一爾 意思 幼兒　七　　安　不來客非斯特　哭朋

早餐什麼時候供應？

B What time is breakfast served?

華特　太ㄇ　意思　不來客非斯特　色夫的

在七點和十點之間。

A It's between seven and ten o'clock.

依次　逼吹　　塞門　　安　天　A克拉克

我應該去哪裡用早餐？

B Where should I go to for the breakfast?

灰耳　秀得　愛購兔佛　勒　不來客非斯特

在二樓的「星光餐廳」。

A It's at Star Restaurant on second floor.

依次 ㄟ 司打　瑞斯特讓　忘　誰肯　福樓

嗯，非常謝謝你。

B Well, thank you so much.

威爾　　山揪兒　蒐　罵區

這是我的榮幸。祝您有愉快的一天！

A My pleasure. Have a nice day!

買　舖來揪　黑夫 ㄜ 耐斯 得

延伸句型

你們有提供早餐嗎？

▶ Do you serve breakfast?

賭　優　色夫　不來客非斯特

有包含早餐嗎？

▶ Is breakfast included?

意思 不來客非斯特　引庫魯的

Unit 17　在飯店用早餐

重點單字

how

好

如何

基礎句型

我要煎一面熟（的蛋）。

▶ I'd like it sunny side up.

愛屋　賴克　一特　桑尼　　塞得　阿鋪

早安，先生。

A Good morning, sir.

估　　摸寧　　捨

早安。

B Good morning.

估　　摸寧

您想要哪一種蛋？

A How do you like your egg?

好　賭　優　賴克　幼兒　愛課

煎蛋、炒蛋還是水煮蛋？

Fried, scrambled or boiled?

佛來的　使棍伯的　　歐　撥乙喔的

我要煎一面熟的蛋

B I'd like it sunny side up.

愛屋 賴克 一特 桑尼 塞得 阿鋪

您要咖啡或茶？

A Would you like coffee or tea?

屋揪兒 賴克 咖啡 歐 踢

請給我茶。

B Tea, please.

踢 普利斯

延伸句型

你們有牛奶嗎？

► Do you have milk?

賭 優 黑夫 謬客

你們有麵包嗎？

► Do you have bread?

賭 優 黑夫 不來得

吐司在哪裡？

► Where is the toast?

灰耳 意思 勒 頭司特

Unit 18

飯店留言服務

重點單字

messages
妹西居斯
留言

基礎句型

我有任何的留言嗎?
► Do I have any messages?
賭　愛　黑夫　安尼　　妹西居斯

早安,懷特先生。

A Good morning, Mr. White.
估　　摸寧　　密斯特　懷特

早安。我有任何的留言嗎?

B Good morning. Do I have any messages?
估　　摸寧　　賭 愛 黑夫 安尼　妹西居斯

有的,一位年輕的女士送來一個包裹。

A Yes, there is a package from a young lady.
夜司　淚兒　意思亡　怕七居　　防　亡　羊　　類蒂

她有說什麼嗎?

B Did she say anything?
低　需　塞　安尼性

我看看。
A Let me see.
　　勒　咪　吸

她要求您打電話給她。
She asked you to give her a call.
需　愛斯克特　優　兔　寄　　喝亡摳

就這樣？
B Is that all?
　意思　類　歐

是的，女士。
A Yes, madam.
　夜司　　妹登

我以為她會來接我。
B I thought she was supposed to pick me up.
　愛　收特　　需　瓦雌　捨破斯的　兔　批課　咪　阿鋪

延伸句型

有沒有給我的留言？
▶ Are there any messages for me?
　阿　淚兒　安尼　妹西居斯　佛　密

Unit 19

衣服送洗的服務

重點單字

laundry service
弄局一　　　　蛇密斯
衣服送洗服務

基礎句型

你們有衣服送洗服務嗎？
▶ Do you have laundry service?
　賭　優　黑夫　弄局一　蛇密斯

客房服務中心。
A Room service.
　　入門　蛇密斯

你們有衣服送洗服務嗎？
B Do you have laundry service?
　　賭　優　黑夫　弄局一　蛇密斯

是的，先生，我們有(這項服務)。
A Yes, we have, sir.
　　夜司　屋依　黑夫　捨

太好了。這是 916 號房。
B Wonderful. This is room nine-one-six.
　　王得佛　　利斯 意思 入門　耐　萬　細伊斯

只要將您的衣服放入洗衣籃中即可。

A Just put your clothes into the laundry basket.

賈斯特 鋪　幼兒　克樓斯一斯 引兔　勒　弄局一　被思妻特

你能快一點嗎？

B Can you make it quickly?

肯　優　妹克 一特 怪客力

好的。我們會馬上去拿。

A Sure. We will get it in a few minutes.

秀　屋依 我　給特 一特 引亡 否　咪逆疵

延伸句型

可以來收（待洗衣物）嗎？

▶ Could you come and pick it up?

苦揪兒　　康　　安　批課 一特 阿鋪

我有衣物要送乾洗。

▶ I'd like to send my clothes to the dry cleaners.

愛屋 賴克 兔　善的　買　克樓斯一斯兔 勒　賺　容寧爾斯

可以幫我把這件裙子燙平嗎？

▶ Will you iron out the wrinkles in this skirt?

我　優　愛恩 凹特 勒　屋一扣斯　引 利斯 史克

可以幫我燙這件襯衫嗎？

▶ Will you iron this shirt for me?

我　優　愛恩 利斯 秀得 佛　密

Unit 20 住宿費用

重點單字

> **per night**
> 波　　耐特
> 每一晚

基礎句型

一晚要多少錢？
► How much per night?
好　罵區　波　耐特

我們要一間雙人房。
A We would like a double room.
屋依　屋　賴克亡　賭博　入門

好的。
B Okay.
OK

你們有哪一種房間？
A What kind of room do you have?
華特　砍特　歐夫　入門　賭　優　黑夫

在二樓的房間可以嗎？
B How about the room on the second floor?
好　世保特　勒　入門　忘　勒　誰肯　福樓

很好。
A Wonderful.

　　王得佛

一晚要多少錢？
B And how much per night?

　安　好　馬區　波　耐特

一晚要三千五百元。
A It's thirty-five hundred dollars per night.

依次　捨替　肥福　哼濁爾　搭樂斯　波　耐特

你們有便宜一點的房間嗎？
B Do you have any cheaper rooms?

賭　優　黑夫　安尼　去波爾　入門斯

抱歉，先生，我們只有這些。
A Sorry, sir, that's all we have.

蒐瑞　捨　類茲　歐　屋依　黑夫

延伸句型

單人房一晚多少錢？
▶ How much is a single room per night?

　好　馬區　意思亡　心夠　入門　波　耐特

有沒有便宜一點的房間？
▶ Do you have any less expensive rooms?

賭　優　黑夫　安尼　賴斯　一撕半撕　入門斯

96

Unit 21 客房服務費用

重點單字

charge

差居

要價

基礎句型

請將帳算在我的房間費用上。

▸ Please charge it to my room.

普利斯 差居 一特 兔 買 入門

A 需要我效勞嗎？

May I help you?

美 愛黑耳ㄆ 優

B 是的，我要一瓶香檳。

Yes, I'd like a bottle of champagne.

夜司 愛屋 賴克 ㄜ 八豆 歐夫 香檳

A 好的。先生，還需要其他東西嗎？

Okay. Anything else, sir?

OK 安尼性 愛耳司 捨

B 我想想…，沒有，就這樣。

Let me see..., no, that's all.

勒 咪 吸 弄 類茲 歐

A 先生，您想要怎麼付款呢？

How do you want to pay it, sir?

好　　睹　優　忘特　兔　配 一特 捨

B 請將帳算在我的房間（費用）上。

Please charge it to my room.

普利斯　　差居　　一特 兔 買　　入門

房間號碼是 714。

It's room　seven-one-four.

依次 入門　　　塞門　萬　　佛

Unit 22 額外的附加費用

重點單字

additional
阿ㄜ低訓挪
額外的

基礎句型

是否有其他附加費用？
► Are there any additional charges?
阿　淚兒　安尼　阿ㄜ低訓挪　差居斯

四晚總共三百八十元。
A It's three hundred and eight for four nights.
依次　樹裡　哼濁爾　安　ㄟ踢　佛　佛　耐斯

三百八十元？
B Three hundred and eight dollars?
樹裡　哼濁爾　安　ㄟ踢　搭樂斯

有任何問題嗎，先生？
A Do you have any questions, sir?
賭　優　黑夫　安尼　魁私去斯　捨

是否有其他附加的費用？
B Are there any additional charges?
阿　淚兒　安尼　阿ㄜ低訓挪　差居斯

是的，包括多加嬰兒床的二十元費用。

A Yes, it includes twenty dollars for a crib.

夜司 一特 引庫魯斯 湍踢 搭樂斯 佛 亡 魁撥

喔，我忘了嬰兒床。

B Oh, I forgot the crib.

喔 愛 佛咖 勒 魁撥

抱歉麻煩你了。

Sorry to bother you.

蒐瑞 兔 芭樂 優

一點都不會，先生。

A Not at all, sir.

那 ㄟ 歐 捨

退房

重點單字

check out
切客　　凹特
退房

基礎句型

我要退房。
▶ I'd like to check out.
愛屋 賴克 兔　切客　凹特

我要退房。
A I'd like to check out.
愛屋 賴克 兔 切客　凹特

好的，先生，這是您的帳單。
B OK, sir, this is your bill.
OK,　捨 利斯 意思 幼兒 比爾

這是什麼費用？
A What's this charge?
華資　利斯　差居

這是客房服務。
B This is room service.
利斯 意思 入門　蛇密斯

我瞭解。這是我的信用卡。

A I see. Here is my credit card.

愛吸　ㄏㄧ爾 意思 買　魁地特　卡

好的，先生。

B Okay, sir.

OK　捨

延伸句型

請結帳。

▶ Check out, please.

切客　　凹特　普利斯

我要退房。

▶ I'm checking out.

愛門　　切引　　凹特

我的帳單好了嗎？

▶ Is my bill ready?

意思 買 比爾　瑞底

Chapter 7

在餐廳

Unit 1 要求兩個人的位子

重點單字

table
特伯
桌位

基礎句型

請給我二個人的位子。
▶ I want a table for two, please.
愛忘特 亡 特伯 佛 凸 普利斯

歡迎光臨四季餐廳。
A Welcome to Four Seasons Restaurant.
威爾康 兔 佛 西任斯 瑞斯特讓

請給我二個人的位子。
B I want a table for two, please.
愛忘特 亡 特伯 佛 凸 普利斯

吸煙區或非吸煙區？
A Smoking or non-smoking area?
斯墨客引 歐 拿 斯墨客引 阿蕊阿

非吸煙區，麻煩你。
B Non-smoking, please.
拿 斯墨客引 普利斯

要非吸煙區的話，各位大概要等十分鐘。

A You have to wait for about ten minutes for

優　黑夫　兔　位特　佛　世保特　天　　咪逆疵　佛

non-smoking area.

拿　斯墨客引　阿蕊阿

沒關係。我們可以等。

B That's all right. We can wait.

類茲　歐　軟特　屋依　肯　位特

Unit 2 詢問有多少人用餐

重點單字

many
沒泥
多少、許多

基礎句型

請問多少人？
► For how many, please?
佛　好　沒泥　普利斯

您有訂位嗎？
A Do you have a reservation?
賭　優　黑夫　さ　瑞惹非循

有的，我訂了六點的位子。
B Yes, I made a reservation at six.
夜司　愛　妹得　さ　瑞惹非循　ㄟ　細伊斯

您要訂幾人(的位子)？
A For how many, please?
佛　好　沒泥　普利斯

我一個人。
B I am alone.
愛 M　A弄

這邊請。

A This way, please.

利斯　位　普利斯

我們有四個人。

▶ There are four of us.

淚兒　阿　佛　歐夫惡斯

五個，謝謝。

▶ Five, please.

肥福　普利斯

Unit 3

是否有空位

重點單字

available
A 肥樂伯
空位

基礎句型

現在有空位嗎？
▶ Do you have a table available?
　賭　優　黑夫　亡　特伯　　A肥樂伯

需要我效勞嗎？
A May I help you?
　美　愛　黑耳ㄆ　優

現在還有空位嗎？
B Do you have a table available?
　賭　優　黑夫　亡　特伯　　A肥樂伯

您有幾個人？
A For how many people, please?
　佛　好　沒泥　批剖　　普利斯

我們有四個人。
B There are four of us.
　淚兒　阿　佛　歐夫惡斯

各位恐怕要等廿分鐘。

A I'm afraid you have to wait for 20 minutes.

愛 M 哀福瑞特　優　黑夫　兔　位特　佛　湍踢　咪逆疵

謝謝你。我們會試另一家餐廳。

B Thank you. We will try another restaurant.

山揪兒　屋依　我　踹　乀哪耳　瑞斯特讓

延伸句型

有沒有五個人的空位？

▶ Are there any tables for five available?

阿　淚兒　安尼　特伯斯　佛　肥福　A肥樂伯

有沒有五個人的座位？

▶ Do you have a table for five?

睹　優　黑夫　乜　特伯　佛　肥福

現在有沒有五個人的座位？

▶ Do you have a table for five right now?

睹　優　黑夫　乜　特伯　佛　肥福　軟特　惱

帶位／找人

重點單字

wait

位特

等待

基礎句型

先生，有人為您帶位嗎？

▶ Are you being waiting on, sir?

　阿　優　逼印　　位聽　忘 捨

抱歉，先生，有人為您帶位嗎？

A Excuse me, are you being waiting on, sir?

ㄟ克斯Q斯 咪　阿　優　逼印　　位聽　忘 捨

是的，我們已經等了卅分鐘了。

B Yes, we've been waiting here for 30 minutes.

夜司 屋依黑夫　兵　　位聽　厂一爾　佛　捨替 咪逆疵

先生，真的很抱歉。請這邊走。

A I am so sorry, sir. This way, please.

愛 M 蒐　蒐瑞　捨　利斯 位　　普利斯

先生，這個位子如何？

How about this table, sir?

　好　世保特 利斯　特伯　捨

好的，我們喜歡。

B Okay, we like it.

OK　屋依 賴克 一特

我待會馬上回來為您服務點餐。

A I will be right back for your orders.

愛我　逼　軟特　貝克　佛　幼兒　歐得斯

延伸句型

我要找一位凱西的人。 ※和人有約而對方已入座時使用。

▶ I'm looking for a Kathy.

愛門　路克引　佛　古　凱西

103

Unit 5

靠窗的座位

重點單字

near
尼爾
靠近

基礎句型

我們想要靠窗的位子。
▶ We would like the seats near the window.
屋依　屋　賴克　勒　西資　尼爾　勒　屋依斗

請這邊走。
A This way, please.
利斯　位　普利斯

好的。
B Okay.
OK

請坐。
A Please be seated.
普利斯　逼　司踢的

我們想要靠窗的位子。
B We would like the seats near the window.
屋依　屋　賴克　勒　西資　尼爾　勒　屋依斗

很抱歉，我們沒有其他空位了。

A I am sorry, we don't have other seats available.

愛　M　蒐瑞　屋依　動特　黑夫　阿樂　西資　A肥樂伯

延伸句型

你們有沒有靠近窗戶的位子？

► Do you have any seats near the window?

賭　優　黑夫　安尼　西資　尼爾　勒　屋依斗

104

Unit 6 另外安排座位

重點單字

quiet
拐世特
安靜的

基礎句型

我們能不能要安靜的座位？
▶ Could we have a quiet table?
　苦　屋依　黑夫　ㄜ　拐世特　特伯

抱歉。
A Excuse me.
　ㄟ克斯 Q 斯　咪

是的，先生，需要我的協助嗎？
B Yes, sir, may I help you?
　夜司　捨　美　愛　黑耳ㄆ　優

這裡太吵了。
A It's too noisy here.
　依次　兔　弄一日　ㄏ一爾

真是非常抱歉。
B I am so sorry.
　愛 M　蒐　蒐瑞

我們能不能要安靜的座位？

A Could we have a quiet table?

苦　屋依　黑夫　さ　拐せ特　特伯

我馬上為各位安排另一個桌子。

B I'll arrange another table for you immediately.

愛我　さ潤居　ㄟ哪耳　特伯　佛　優　隱密的特裡

如果不麻煩的話，謝謝你。

A Thank you if it's not bothering you.

山揪兒　一幅　依次　那　芭樂因　優

延伸句型

有沒有在吸煙區的其他座位？

▶ Do you have other seats in the smoking area?

賭　優　黑夫　阿樂　西資　引　勒　斯墨客引　阿蕊阿

我比較想要在非吸煙區。

▶ I prefer the non-smoking area.

愛　埔里非　勒　拿　斯墨客引　阿蕊阿

Unit 7　自行指定的座位

重點單字

take
坦克
取用

基礎句型

我們可以坐這個位子嗎？
▶ Could we take this seat?
　苦　屋依　坦克　利斯　西特

各位先生、小姐，請這邊走。
A Ladies and gentlemen, this way, please.
　類蒂斯　安　尖頭慢　利斯 位　普利斯

抱歉，我們可以要這兩個位子嗎？
B Excuse me, could we take these two seats?
　ㄟ克斯Q斯 咪　苦　屋依 坦克　利斯 凸　西資

當然可以。請坐。
A Sure. Please be seated.
　秀　普利斯 逼　司踢的

謝謝你。
B Thank you.
　山揪兒

我待會馬上回來為您服務點餐。

A I will be right back for your orders.

愛 我　逼　軟特　貝克　佛　幼兒　歐得斯

延伸句型

這個位子可以嗎？

▶ How about this seat?

好　　世保特　利斯　西特

Unit 8 稍後再點餐

重點單字

order
歐得

點餐

基礎句型

各位準備好點餐了嗎？

► Are you ready to order?

　阿　優　　瑞底　兔　歐得

這是各位的菜單。

A Here is your menu.

厂一爾 意思　幼兒　咩妞

謝謝你。

B Thank you.

　　山揪兒

各位準備好點餐了嗎？

A Are you ready to order?

　阿　優　　瑞底　兔　歐得

對不起，我們還沒有決定。

B Sorry, we have not decided yet.

蒐瑞　屋依　黑夫　那　低賽低的　耶特

您慢慢來。我待會再來。
A Take your time. I will be right back with you.

坦克　幼兒　太ㄇ　愛我　逼　軟特　貝克　位斯　優

延伸句型

您(們)現在要點餐了嗎?
▶ Are you ready to order now?

阿　優　瑞底　兔　歐得　惱

您(們)要現在點餐嗎?
▶ Would you like to order now?

屋揪兒　賴克　兔　歐得　惱

詢問內用或外帶

重點單字

stay

斯得

停留

基礎句型

內用,麻煩你。
▶ Stay, please.

斯得　普利斯

我要一杯咖啡,謝謝。

A I'd like a cup of coffee, please.

愛屋 賴克 弋卡鋪 歐夫 咖啡　普利斯

要這裏用還是外帶?

B Stay or to go?

斯得 歐兔 購

內用,麻煩你。多少錢?

A Stay, please. How much is it?

斯得　普利斯　好 罵區 意思 一特

六十元。

B It's sixty dollars, please.

依次 細斯踢 搭樂斯 普利斯

這是一百元。

A Here is one hundred dollars.

ㄏㄧㄦ 意思 萬 哼濁爾 搭樂斯

延伸句型

請問要內用或是外帶？

▶ Stay or to go, please?

斯得 歐 兔 購 普利斯

內用還外帶？

▶ For here or to go?

佛 ㄏㄧㄦ 歐 兔 購

這是要內用還外帶？

▶ Will that be for here or to go?

我 類 逼 佛 ㄏㄧㄦ 歐 兔 購

Unit 10 外帶餐點

重點單字

> # to go
> 兔　購
> 點餐外帶

基礎句型

(我要)外帶一份雞肉三明治。

► A chicken sandwich to go, please.

A　七墾　　三得位七　　兔　購　　普利斯

您今天要點什麼？

A What can I get for you today?

華特　肯 愛 給特 佛　優　　特得

我要外帶一份雞肉三明治。

B I'd like a chicken sandwich to go, please.

愛屋 賴克 乙　七墾　　三得位七　　兔　購　　普利斯

很抱歉，雞肉三明治賣完了。

A I am sorry, the chicken sandwich is sold out.

愛 M 蒐瑞　勒　七墾　　三得位七　意思 蒐的 凹特

那麼我要牛肉三明治。

B Then I want the beef sandwich.

蘭 愛 忘特　勒　畢福　三得位七

您要不要加一份外帶薯條？

A Would you like fries to go with that?

屋揪兒　賴克　佛來斯 兔 購　位斯　類

好啊！一份大薯。

B Yes, a big one.

夜司 亡 逼個 萬

請稍候。

A Wait a moment, please.

位特 亡　摩門特　　普利斯

沒問題。

B No problem.

弄　撲拉本

延 伸 句 型

我要外帶一份三明治。

▶ I'd like a sandwich to go, please.

愛屋 賴克亡　三得位七　兔　購　普利斯

外帶一份三明治。

▶ A sandwich to go, please.

A　　三得位七　兔 購　普利斯

外帶一份大麥香堡和中薯。

▶ To go, one Big Mac with medium fries.

兔　購　萬　逼個　麥克　位斯　咪低耳　佛來斯

Unit 11 內用餐點

重點單字

here
ㄏㄧ爾
這裡

基礎句型

要在這裡吃。
▶ That will be for here.
　類　我　逼　佛　ㄏㄧ爾

內用還外帶？
A For here or to go?
　佛　ㄏㄧ爾　歐　兔　購

這裡吃。
B That will be for here.
　類　我　逼　佛　ㄏㄧ爾

您要點什麼？
A What would you like to order?
　華特　屋揪兒　賴克　兔　歐得

我要一份小薯條。
B I will have a small fries.
　愛我　黑夫　さ　斯摩爾　佛來斯

還要點其他東西嗎？

A Anything else?

　　安尼性　　愛耳司

還要一杯奶昔。

B And a milk shake.

　　安　亡　謬客　說客

請問要什麼口味？

A What flavor, please?

　　華特　　佛來佛　　普利斯

要草莓口味的。

B Make it strawberry.

　　妹克　　一特　　司除背瑞

延伸句型

內用，謝謝。

▶ For here, please.

　　佛　　ㄏ一爾　　普利斯

內用，一號套餐。

▶ For here, number one combo.

　　佛　ㄏ一爾　　拿波　　萬　　康寶

Unit 12

選擇醬料

重點單字

sauce
受西
醬料

基礎句型

(請給我)蕃茄醬。
▶ Ketchup, please.
K區阿婆　普利斯

我要點麥克雞塊。

A I'd like McChicken Nuggets.

愛屋　賴克　麥克七墾　　那機特斯

您要什麼醬料？

B What sauces would you like?

華特　受西一斯　　屋揪兒　賴克

(請給我)蕃茄醬。

A Ketchup, please.

K區阿婆　普利斯

這是您的餐點。

B Here is your order.

厂ー偏　意思　幼兒　歐得

我能多要一份蕃茄醬嗎？

A Can I have extra ketchup?

肯 愛 黑夫　阿斯闊 K 區阿婆

好的。請稍等。

B Sure. Wait a moment, please.

秀　　位特 さ 摩門特　　普利斯

延伸句型

醬料呢？

► How about the sauces?

好　世保特　勒　受西一斯

Unit
13
飲料

重點單字

regular
瑞鬼爾
一般的

基礎句型

大杯或普通杯？
▶ Larger or regular?
辣居兒　歐　瑞鬼爾

您還要其他東西嗎？
A What else do you want?
華特 愛耳司 賭 優 忘特

現在就這樣。
B That's all for now.
類茲 歐 佛 惱

您要點飲料嗎？
A Do you want any drinks?
賭 優 忘特 安尼 朱因克斯

好吧。我要可樂。
B Okay. I want Coke.
OK 愛 忘特 扣可

(要)大杯或普通杯？

A Larger or regular?

辣居兒　歐　瑞鬼爾

(請給我)普通杯。

B Regular, please.

瑞鬼爾　　普利斯

延伸句型

我要點健怡可樂。

▶ I'd like to order a diet Coke.

愛屋 賴克　兔　歐得　亡　呆鵝　扣可

我點一杯大杯可樂。

▶ I'd like to get a large Coke.

愛屋 賴克　兔　給特 亡　辣居　扣可

我可以續杯嗎？

▶ Can I get a refill?

肯　愛　給特 亡　蕊飛爾

◎ 112

奶精和糖包

重點單字

cream
苦寧姆
奶精

基礎句型

您要奶精還是糖？
▶ Would you like cream or sugar?
　　屋揪兒　　賴克　苦寧姆　歐　休萵

要不要點飲料？
A Would you like something to drink?
　　屋揪兒　賴克　　桑性　　兔　朱因克

請給我一杯咖啡。
B I'd like a cup of coffee, please.
　愛屋 賴克 亢卡鋪 歐夫　咖啡　　普利斯

您要奶精還是糖？
A Would you like cream or sugar?
　　屋揪兒　賴克　苦寧姆　歐　休萵

我兩種都要，謝謝。
B I'd like both, thank you.
　愛屋　賴克　伯司　　山揪兒

先生，您呢？

A How about you, sir?

好　世保特　優　捨

請給我咖啡、兩包糖和兩包奶精。

C Coffee, two sugars and two cream, please.

咖啡　凸　休葛斯　安　凸　苦寧姆　普利斯

延伸句型

兩個都要。

▶ Both.

伯司

奶精。

▶ Cream.

苦寧姆

糖包。

▶ Sugar.

休葛

我要黑咖啡。

▶ I want it black.

愛　忘特　一特　不來客

Unit 15

要求看菜單

重點單字

menu
咩妞
菜單

基礎句型

我可以看菜單嗎?
▶ May I see the menu?
　美　愛　吸　勒　咩妞

請坐,各位先生、小姐。
A Please be seated, ladies and gentlemen.
　普利斯　逼　司踢的　類蒂斯　安　尖頭慢

謝謝你。請給我看菜單。
B Thank you. May I see the menu, please?
　山揪兒　　美　愛　吸　勒　咩妞　普利斯

好的。請看。
A Sure. Here you are.
　秀　厂一爾　優　阿

等我們準備好要點餐時會讓你知道。
B We will let you know if we are ready to order.
屋依　我　勒　優　弄　一幅　屋依阿　瑞底　兔　歐得

沒問題。慢慢來。
A No problem. Take your time.

弄　撲拉本　坦克　幼兒　太ㄇ

多謝啦！
B Thanks.

山克斯

延伸句型

我要看菜單。

► I'd like to see the menu.

愛屋 賴克 兔 吸 勒　咩妞

再給我們一段時間（看菜單）。※侍者問 "Are you ready to order" 時回答。

► Maybe give us another minute.

美批　寄 惡斯 ㄟ哪耳　咪逆特

⊙ 114

點正餐

重點單字

entree

昂催

主餐

基礎句型

我要點沙朗牛排。

▶ I'd like to order Sirloin Steak.

愛屋 賴克 兔 歐得　　沙朗　　斯得克

您準備好要點餐了嗎？

A Are you ready to order?

阿 優 瑞底 兔 歐得

是的，我們準備好了。

B Yes, we are ready.

夜司 屋依 阿 瑞底

您要點什麼正餐？

A What do you want for the entree?

華特 睹 優 忘特 佛 勒 昂催

我要點沙朗牛排。

B I'd like to order Sirloin Steak.

愛屋 賴克 兔 歐得　　沙朗　　斯得克

先生，您呢？
A How about you, sir?
　好　世保特　優　捨

我要試試烤雞。
C I will try the Roast Chicken.
　愛 我　踹　勒　若斯特　七懇

延伸句型

我要試試紐約牛排。
▶ I'd like to try New York Steak.
　愛屋 賴克 兔 踹　紐　約　斯得克

我想要試試紐約牛排。
▶ I want to try New York Steak.
　愛　忘特　兔 踹　紐　約　斯得克

我要點這一個。
▶ I'll order this one.
　愛我　歐得　利斯　萬

Unit 17

餐廳的特餐

重點單字

special
斯背秀
特餐

基礎句型

今天的特餐是什麼？
▶ What is today's special?
華特　意思　特得斯　斯背秀

今天的特餐是什麼？
A What is today's special?
華特　意思　特得斯　斯背秀

是菲力牛排。
B It's Fillet Steak.
依次　菲力　斯得克

聽起來不錯。我點這一個。
A It sounds good. I will try it.
一特　桑斯　估的　愛 我 端 一特

我要點紐約牛排。
C I'd like New York Steak.
愛屋 賴克 紐　約　斯得克

抱歉，先生，我們沒有紐約牛排。

A Sorry, sir, we don't have New York Steak.

蒐瑞　捨　屋依　動特　黑夫　　紐　　約　斯得克

好吧！那我要點豬排。

C Okay. Then I want pork chop.

OK　　蘭　愛　忘特　樸克　恰伯

延伸句型

今天的特餐是什麼？

▶ What is today's special to the house?

華特　意思　特得斯　　斯背秀　兔　勒　　號斯

主廚推薦是什麼？

▶ What is the chef's choice?

華特　意思　勒　穴夫斯　　丘以私

你們受歡迎的餐點有哪些？

▶ What are your popular dishes?

華特　　阿　幼兒　怕波勒　地需一斯

Unit
18
侍者的推薦

重點單字

recommend
瑞卡曼得
推薦

基礎句型

你有什麼好的推薦嗎？
▶ What would you recommend?
　華特　　　屋揪兒　　　瑞卡曼得

今天餐廳的特餐是什麼？
A What is today's special to the house?
　華特 意思 特得斯　斯背秀 兔 勒 號斯

是義大利食物。
B It's Italian food.
　依次 義大利恩 福的

你有什麼好的推薦嗎？
A What would you recommend?
　華特　　　屋揪兒　　　瑞卡曼得

義大利海鮮食物是最棒的。
B The Italian Sea Food is the best one.
　勒　義大利恩　西　福的　意思 勒　貝斯特 萬

好，我要試這一種。
A Okay. I will try this one.
　OK　愛　我　端　利斯　萬

你的建議呢？
► What do you suggest?
　華特　賭　優　設街斯踢

◎ 117

Unit 19

烹調熟度

重點單字

cook
庫克
烹調

基礎句型

您的牛排要幾分熟？
▶ How do you like your steak cooked?
好　賭　優　賴克　幼兒　斯得克　庫克特

我們兩個都要菲力牛排。
A Both of us would like Fillet Steak.
伯司　歐夫惡斯　屋　賴克　菲力　斯得克

您的牛排要幾分熟？
B How do you like your steak cooked?
好　賭　優　賴克　幼兒　斯得克　庫克特

請給我全熟。
A Well done, please.
威爾　檔　普利斯

先生，您呢？
B How about you, sir?
好　也保特　優　捨

請給我五分熟。
C Medium, please.

　　咪低耳　　普利斯

延 伸 句 型

請給我三分熟。
▶ Rare, please.

　　瑞兒　　普利斯

請給我五分熟。
▶ Medium, please.

　　咪低耳　　　普利斯

請給我全熟。
▶ Well-done, please.

　　威爾　　檔　　　普利斯

我要全熟。
▶ I'd like well-done.

愛屋 賴克　　威爾　　檔

Unit 20

點相同餐點

重點單字

make

妹克

選擇

基礎句型

點兩份。

▶ Make it two.

妹克　一特　凸

各位準備好點餐了嗎？

A Are you ready to order?

阿　優　瑞底　兔　歐得

我要沙朗牛排。這是我的最愛。

B I'd like Sirloin Steak. It's my favorite.

愛屋　賴克　沙朗　斯得克　依次　買　肥佛瑞特

點兩份。

C Make it two.

妹克　一特　凸

好的，兩份沙朗牛排。

A Okay, two Sirloin Steak.

OK　凸　沙朗　斯得克

多謝啦！
B Thanks.
　　山克斯

點心呢？
A How about the dessert?
　好　世保特　勒　　低慈

我要布丁。
B I want pudding.
　愛　忘特　　布丁

我要試試冰淇淋。
C I will try ice cream.
　愛 我　踹　哀西　苦寧母

延伸句型

我要一樣的。
▶ I'd like the same one.
　愛屋　賴克　勒　桑姆　萬

Unit 21

酒類飲料

重點單字

alcohol

阿爾科喉

酒類飲料

基礎句型

您要喝什麼酒？

► What kind of alcohol do you want?

華特　砍特　歐　阿爾科喉　賭　優　忘特

您要喝什麼酒？

A What kind of alcohol do you want?

華特　砍特　歐夫　阿爾科喉　賭　優　忘特

你的建議是什麼？

B What is your suggestion?

華特　意思　幼兒　　設街斯訓

我們有伏特加、白蘭地酒和啤酒。

A We have vodka, brandy and beer.

屋依　黑夫　佛卡　　白蘭地　安　逼耳

我要白蘭地酒。

A I'd like the brandy.

愛屋　賴克　勒　　白蘭地

先生，您呢？

A And you, sir?

安　揪兒　捨

請給我啤酒。

C Beer, please.

逼耳　普利斯

延伸句型

你們有什麼葡萄酒？

▶ What kind of wine do you have?

華特　砍特　歐夫　屋外　賭　優　黑夫

你們有葡萄酒嗎？

▶ Do you have wine?

賭　優　黑夫　屋外

一般飲料

重點單字

cold
寇得
冷的

基礎句型

我想要喝點冷飲。
▶ I want something cold for drink.
　愛　忘特　　　桑性　　　寇得　佛　朱因克

您要不要來點飲料？
A Would you like something to drink?
　屋揪兒　賴克　　桑性　　兔 朱因克

我想要喝點冷飲。
B I want something cold for drink.
　愛　忘特　　　桑性　　　寇得　佛　朱因克

喝杯玫瑰茶怎麼樣？
A Will you have a cup of rose tea?
　我　優　黑夫 亡卡鋪歐夫 螺絲　踢

這個很受歡迎。
It's very popular.
依次 肥瑞　怕波勒

聽起來很棒。我就點這個。

B It sounds terrific. I will take it.

一特 桑斯 特瑞非課 愛我 坦克 一特

我要點咖啡，謝謝。

C I'd like coffee, please.

愛屋 賴克 咖啡 普利斯

延伸句型

我要一壺熱茶。

▶ I'd like a pot of hot tea.

愛屋 賴克 ㄜ 怕特 歐夫 哈特 踢

你們有冷飲嗎？

▶ Do you have something cold?

賭 優 黑夫 桑性 寇得

你們有冰紅茶嗎？

▶ Do you have iced black tea?

賭 優 黑夫 愛司特 不來客 踢

只要一杯果汁，不要冰塊。

▶ Just a glass of juice without ice.

賈斯特 ㄜ 給雷斯 歐夫 救斯 位斯四特 愛斯

我要一瓶礦泉水。

▶ I want a bottle of mineral water.

愛 忘特 ㄜ 八豆 歐夫 咪熱挪 瓦特

Unit 23

甜點

重點單字

dessert
低惹
甜點

基礎句型

我可以吃些餅乾嗎？
► May I have some cookies?
美 愛 黑夫 桑 哭ㄎ一斯

您要什麼甜點？
A What would you like for dessert?
華特 屋揪兒 賴克 佛 低惹

我可以吃些餅乾嗎？
B May I have some cookies?
美 愛 黑夫 桑 哭ㄎ一斯

當然可以。先生，您呢？
A Sure. And you, sir?
秀 安 揪兒 捨

不要了，謝謝！
C No, thanks!
弄 山克斯

我也要一些餅乾。

D I want some cookies too, please.

愛 忘特 桑 哭ㄎㄧ斯 兔 普利斯

延伸句型

你們有什麼點心？

▶ What kind of dessert do you have?

華特 砍特 歐夫 低惹 賭 優 黑夫

你們有布丁嗎？

▶ Do you have pudding?

賭 優 黑夫 布丁

我要一些蛋糕。

▶ I want some cakes.

愛 忘特 桑 K客斯

Unit 24

確認點完餐

重點單字

all
歐
全部的

基礎句型

就這樣了。
► That's all for us.
類茲　歐　佛　惡斯

我們兩個都要沙朗牛排。
A Both of us would like Sirloin Steak.
伯司　歐夫惡斯　屋　賴克　沙朗　　斯得克

兩份沙朗牛排。就這樣嗎？
B Two Sirloin Steak. Is that all?
凸　沙朗　　斯得克　意思　類　歐

就這樣了。
A That's all for us.
類茲　歐　佛　惡斯

喔，順便一提，我可以再多要一些泡芙嗎？
C Oh, by the way, may I have some more puff?
喔　百　勒　位　美　愛　黑夫　桑　摩爾　泡芙

好的。還有沒有要其他餐點？

B Sure. Anything else?

　　秀　　安尼性　愛耳司

就這樣了。

C That's all.

　　類茲　歐

延伸句型

現在就這樣。

► That's all for now.

　　類茲　歐　佛　惱

Unit 25 送上餐點

重點單字

serve
色夫
提供

基礎句型

你能不能盡快為我們上菜？

▶ Could you serve us as soon as possible?

苦揪兒　色夫　惡斯ㄟ斯　訓　ㄟ斯　趴色伯

您點的就這些嗎？

A Is that all for order?

意思類　歐佛　歐得

是的。就這些。

B Yes. That's it.

夜司　類茲　一特

好的。餐點會盡快為您送上。

A Okay. The meal will be served soon.

OK　勒　睺爾　我　逼　色夫的　訓

你能不能盡快為我們上菜？

B Could you serve us as soon as possible?

苦揪兒　色夫　惡斯ㄟ斯　訓　ㄟ斯　趴色伯

沒問題。
A No problem.

弄　　撲拉本

延伸句型

這不是我們點的。
▶ It's not what we ordered.

依次　那　　華特　屋依　　歐得的

我沒有點這個。
▶ I didn't order this.

愛　低等　　歐得　　利斯

我的牛排在哪裡？※餐點遲遲未上時使用。
▶ Where is my steak?

灰耳　　意思　買　　斯得克

Chapter 8

在商店

Unit 1

只看不買

重點單字

look
路克
尋找

基礎句型

我只是隨便看看。
▶ I am just looking.
愛 M 賈斯特 路克引

需要我幫忙的嗎？
A May I help you with something?
美 愛 黑耳ㄆ 優 位斯 桑性

不用。我只是隨便看看。
B No. I am just looking.
弄 愛 M 賈斯特 路克引

假如您需要任何幫忙，讓我知道就好。
A If you need any help, just let me know.
一幅 優 尼的 安尼 黑耳ㄆ 賈斯特 勒 密 弄

我會的。多謝了！
B I will. Thanks a lot.
愛我 山克斯 亡 落的

不客氣。
A You are welcome.

　優　　阿　　威爾康

延伸句型

我只是看一看。
▶ I'm just browsing.

　愛門　賈斯特　　不勞司引

應付店員的招呼

重點單字

browse

不勞司

隨便看看

基礎句型

我只是隨便看看。

► I am just browsing.

愛 M 賈斯特 不勞司引

哈囉，有人為您服務嗎？

A Hello, are you being helped?

哈囉　阿　優　逼印　黑耳ㄆ的

沒有。

B No.

弄

在找什麼東西嗎？

A Are you looking for something?

阿　優　路克引　佛　桑性

沒有。我只是隨便看看。

B No. I am just browsing.

弄　愛 M 賈斯特 不勞司引

好的。您慢慢看。
A Okay. Take your time.
　OK　　坦克　幼兒　太口

我會的。多謝了！
B I will. Thanks a lot.
　愛我　　山克斯　亡落的

延伸句型

不用。謝謝！
▶ No. Thanks.
　　弄　　山克斯

也許等一下要（麻煩您）。謝謝。
▶ Maybe later. Thank you.
　　美批　　淚特　　　山揪兒

我不需要任何服務。
▶ I don't need any help.
　愛 動特　尼的　安尼　黑耳ㄆ

還不需要。謝謝！
▶ Not yet. Thanks.
　　那　耶特　山克斯

126

Unit 3 有購物的打算

重點單字

gift

肌膚

禮物

基礎句型

我在找一些要送給孩子們的禮物。

▶ I am looking for some gifts for kids.

愛M 路克引 佛 桑 肌膚斯 佛 ㄎ一資

A 哈囉，需要我幫忙嗎？

Hello, may I help you?

哈囉 美 愛 黑耳ㄆ 優

B 我在找一些要送給孩子們的禮物。

I am looking for some gifts for kids.

愛M 路克引 佛 桑 肌膚斯 佛 ㄎ一資

A 心裡有想好要什麼嗎？

Is there anything special in mind?

意思 淚兒 安尼性 斯背秀 引 麥得

B 是的，我想買洋娃娃。

Yes, I want to buy a doll.

夜司 愛 忘特 兔 百 ㄜ 都

A	好的。您看看這一個。 Okay. Let you show you this one. OK 勒 優 秀 優 利斯 萬
B	這一個？嗯，我不喜歡。 This one? Well, I don't think so. 利斯 萬 威爾 愛 動特 施恩克 蒐

延伸句型

有沒有適合兒童的紀念品？

▸ Are there any souvenirs for kids?

阿 淚兒 安尼 私佛逆耳斯 佛 ㄎ一資

我需要買禮物給我太太。

▸ I need to buy presents for my wife.

愛 尼的 兔 百 撲一忍斯 佛 買 愛夫

⊙ 127

Unit 4 購買特定商品

重點單字

buy
百
買

基礎句型

我想要買耳環。
▶ I want to buy the earrings.
愛 忘特 兔 百 勒 一耳乳因斯

您想買什麼？
A What do you want to buy?
華特 睹 優 忘特 兔 百

我想要買耳環。
B I want to buy the earrings.
愛 忘特 兔 百 勒 一耳乳因斯

要給您的太太的嗎？
A For your wife?
佛 幼兒 愛夫

不，是給我女兒的。
B No, it's for my daughter.
弄 依次 佛 買 都得耳

這一個如何？

A How about this one?

好　世保特　利斯　萬

看起來不錯。

B It looks great.

一特　路克斯　鬼雷特

延伸句型

我需要手套。

▶ I need a pair of gloves.

愛尼的　亡　拜耳　歐夫　萬辣福斯

我正在找一些裙子。

▶ I am looking for some skirts.

愛M　　路克引　佛　桑　史克斯

你們有紫色的帽子嗎？

▶ Do you have any purple hats?

睹　優　黑夫　安尼　夕剖　黑特斯

Unit 5 購買禮品

重點單字

present

撲一忍特

禮物

基礎句型

是給我女兒的。

▶ It's for my daughter.

依次 佛 買 都得耳

要找特定的東西嗎？

A Looking for anything special?

路克引 佛 安尼性 斯背秀

我要買手錶。

B I'd like to buy a watch.

愛屋賴克兔 百 弋 襪區

送給誰的禮物嗎？

A Is it a present for someone?

意思 一特 弋 撲一忍特 佛 桑萬

是的，是給我女兒的。

B Yes, it's for my daughter.

夜司 依次 佛 買 都得耳

也許您可以買這一支。

A Maybe you could buy this one.

美批　優　苦　百　利斯　萬

不，我不覺得她會喜歡。

B No, I don't think she would like it.

弄 愛 動特　施恩克　需　屋　賴克 一特

延伸句型

他們是很適合送家人的禮物。

▶ They are suitable presents for family.

勒　阿　素特伯　撲一忍斯　佛　非摸寧

Unit
6
購買電器

重點單字

warranty
握軟踢
保證書

基礎句型

這個有保證書嗎？
▶ Does it have a warranty?
得斯　一特　黑夫　さ　握軟踢

您想看些什麼？
A What would you like to see?
華特　　屋揪兒　賴克　兔　吸

你們有 MP3 播放器嗎？
B Do you have any MP3 players?
賭　優　黑夫　安尼　MP 樹裡　舖淚耳斯

有的。您要什麼品牌？
A Yes. What brand do you want?
夜司　華特　白蘭　賭　優　忘特

請給我 Sony。
B Sony, please.
蒐尼　普利斯

給您！
A Here you are.
ㄏㄧ一儞　　優　阿

這個有保證書嗎？
B Does it have a warranty?
得斯　一特　黑夫　ㄜ　握軟踢

有的，先生。
A Yes, it does, sir.
夜司　一特　得斯　捨

延伸句型

可以展示如何使用給我看嗎？
▶ Would you show me how to use it?
　　屋揪兒　　秀　密　好　兔又司一特

怎麼使用？
▶ How to use it?
　　好　兔　又司一特

怎麼運作？
▶ How does it work?
　　好　得斯　一特　臥克

Unit 7

參觀特定商品

重點單字

different
低粉特
不一樣

基礎句型

您能給我看一些不一樣的嗎？
► Can you show me something different?
　肯　優　秀　密　桑性　　低粉特

您想看些什麼？
A What would you like to see?
　華特　　屋揪兒　賴克兔　吸

我想看一些領帶。
B I would like to see some ties.
　愛　屋　賴克兔　吸　桑　太斯

您要找的是這一種嗎？
A Is this what you are looking for?
　意思利斯　華特　優　阿　路克引　佛

不是。您能給我看一些不一樣的嗎？
B No. Can you show me something different?
　弄　肯　優　秀　密　桑性　　低粉特

好的。請稍等。

A Sure. Wait a moment, please.

秀　　位特 ㄜ　摩門特　普利斯

延伸句型

我能看那些 MP3 播放器嗎？

▶ May I see those MP3 players?

美　愛　吸　漏斯　MP 樹裡　舖淚耳斯

我能看一看它們嗎？

▶ May I have a look at them?

美　愛　黑夫 ㄜ　路克 ㄟ　樂門

給我看那支筆。

▶ Show me that pen.

秀　　密　類　　盼

131

Unit 8 是否找到中意商品

重點單字

interested
因雀斯特的
有興趣的

基礎句型

我對這台電腦有興趣。
► I am interested in this computer.
　愛 M　因雀斯特的　引 利斯　康撲特

您喜歡哪一個品牌？
A Which brand do you like?
　會區　白蘭　賭 優 賴克

我喜歡 View Sonic（品牌）。
B I like View Sonic.
　愛賴克　V 歐　蒐尼克

找到您喜歡的東西了嗎？
A Did you find something you like?
　低 優 煩的　桑性　優 賴克

對，我對這台電腦有興趣。
B Yes, I am interested in this computer.
　夜司 愛 M　因雀斯特 ed　引 利斯　康撲特

我們有型號 241 在特價中。

A We have Model 241 on sale.

屋依　黑夫　媽朵　凸佛萬　忘　賽爾

折扣是多少？

B What's the discount?

華資　勒　低思考特

延伸句型

還沒有。

▶ Not yet.

那　耶特

這個看起來不錯。

▶ It looks nice.

一特　路克斯　耐斯

你們有沒有像這類的帽子？

▶ Do you have any hats like this one?

賭　優　黑夫　安尼　黑特斯　賴克　利斯　萬

132

Unit 9 選購指定商品

重點單字

show

秀
展示

基礎句型

請給我看看那件黑色毛衣。
► Please show me that black sweater.
　普利斯　秀　密　類　不來客　司為特

您喜歡哪一件？
A Which one do you like?
　會區　萬　睹　優　賴克

請給我看看那件黑色毛衣。
B Please show me that black sweater.
　普利斯　秀　密　類　不來客　司為特

您要找的是這一種嗎？
A Is this what you are looking for?
　意思　利斯　華特　優　阿　路克引　佛

是的，我要這一種。
B Yes, I want this one.
　夜司　愛　忘特　利斯　萬

他們是新品。
A They are new arrivals.
　勒　阿　紐　阿瑞佛斯

有沒有更好一點的？
B Do you have anything better?
　賭　優　黑夫　安尼性　杯特

延伸句型

在底層架子上的那一件。
▶ That one on the bottom shelf.
　類　萬　忘　勒　巴特　雪爾夫

那些裙子看起來不錯。
▶ Those skirts look great.
　漏斯　史克斯　路克　鬼雷特

Unit 10

是否尋找特定商品

重點單字

look
路克
審視、觀看

基礎句型

我想要看一看。
▶ I want to take a look.
愛 忘特　兔 坦克 亡 路克

您需要褲子嗎？
A Do you need a pair of pants?
賭 優　尼的 亡 拜耳 歐夫 ㄆ安斯

是的，我想要看一看。
B Yes, I want to take a look.
夜司 愛 忘特　兔 坦克 亡 路克

也許您想要一條羊毛圍巾。
A Maybe you would like a wool scarf.
美批　優　屋　賴克 亡 我　司卡夫

全部就這些嗎？
B Is that all?
意思 類　歐

是的，我們有的就這些。

A Yes, that's all we have.

夜司　類茲　歐屋依　黑夫

我不喜歡這一件。

B I don't like this one.

愛動特　賴克　利斯　萬

延伸句型

還有其他的嗎？

▶ Anything else?

安尼性　　愛耳司

有沒有更好一點的？

▶ Do you have anything better?

睹　優　黑夫　安尼性　　杯特

旅遊實用篇

◎ 134

特價商品

重點單字

sale
賽爾
特價

基礎句型

您需要褲子嗎？
▶ Do you need a pair of pants?
賭　優　尼的　士　拜耳　歐夫　ㄆ安斯

您需要褲子嗎？
A Do you need a pair of pants?
賭　優　尼的　士　拜耳　歐夫　ㄆ安斯

是的，我想要看一看。
B Yes, I want to take a look.
夜司　愛　忘特　兔　坦克　士　路克

我們有一些品質不錯(的商品)在特價中。
A We have some nice ones on sale.
屋依　黑夫　桑　耐斯　萬斯　忘　賽爾

是什麼？
B What are they?
華特　阿　勒

我拿給您看。

A Let me show you.

　勒　密　秀　優

我不是要找這一種。

B It's not what I am looking for.

依次 那 華特 愛 M 路克引 佛

延伸句型

折扣是多少？

▶ What's the discount?

　華資　勒　低思考特

可以給我看一些特別的嗎？

▶ Would you show me something special?

屋揪兒　秀　密　桑性　斯背秀

你們有更便宜一點的東西嗎？

▶ Do you have any ones cheaper?

睹　優　黑夫　安尼　萬斯　去波爾

你不覺得貴嗎？

▶ Don't you think it's expensive?

動特　優　施恩克 依次　一撕半撕

Unit 12 特定顏色

重點單字

color

咖惹

顏色

基礎句型

你們有藍色的嗎？

▶ Do you have any ones in blue?

賭　優　黑夫　安尼　萬斯　引　不魯

您想要哪一個顏色？

A What color would you like?

華特　咖惹　　屋揪兒　賴克

你們有藍色的嗎？

B Do you have any ones in blue?

賭　優　黑夫　安尼　萬斯　引　不魯

讓我拿淺藍色的給您。

A Let me take the light blue ones for you.

勒　密　坦克　勒　賴特　不魯　萬斯　佛　優

我喜歡深藍色。

B I prefer dark blue.

愛埔里非　達克　不魯

抱歉，我們只有這些(淺藍色)。

A Sorry, we only have these ones.

蒐瑞　屋依　翁裡　黑夫　利斯　萬斯

沒關係。

B It doesn't matter.

一特　得任　妹特耳

延伸句型

我在找藍色的襪子。

▶ I am looking for a pair of blue socks.

愛M　　路克引　佛 亡 拜耳 歐夫 不魯　薩克斯

紅色或藍色都可以。

▶ Both red and blue are OK.

伯司　瑞德　安　不魯　阿　OK

這個尺寸有其他顏色嗎？

▶ Do you have this size in any other colors?

賭　優　黑夫　利斯 曬斯 引 安尼　阿樂　咖惹斯

◎ 136

Unit 13 尺寸說明

重點單字

size
曬斯
尺寸

基礎句型

我不知道我的尺寸。
▶ I don't know my size.
　愛　動特　　弄　　買　曬斯

哪一件比較好？
A Which one is better?
　會區　　萬　意思　杯特

紅色正在流行。
B Red is in fashion.
　瑞德　意思　引　　肥訓

好，我試穿這一件。
A Okay, I'll try on this one.
　OK　愛我　踹　忘　利斯　萬

您的尺寸是多少？
B What is your size?
　華特　意思　幼兒　曬斯

我不知道我的尺寸。

A I don't know my size.

愛動特　弄　買　曬斯

是 32 號，對嗎？

B It's size 32, right?

依次　曬斯　捨替凸　軟特

延伸句型

我要大尺寸的。

► I want the large size.

愛忘特　勒　辣居　曬斯

我的尺寸是八號。

► My size is 8.

買　曬斯　意思　ㄟ特

我的尺寸是介於八號和七號之間。

► My size is between 8 and 7.

買　曬斯　意思　逼吹　ㄟ特　安　塞門

請給我中號。

► Medium, please.

咪低耳　普利斯

◎ 137

Unit 14 售價

重點單字

expensive
一撕半撕
昂貴的

基礎句型

多少錢？
► How much?
　　好　　罵區

這個優惠明天就結束了。

A This promotion ends tomorrow.

　利斯　　婆磨訓　　安的斯　　特媽樓

但是我要考慮一下。

B But I have to think about it.

　霸特愛 黑夫　兔 施恩克 也保特 一特

你知道嗎，那件毛衣真的很划算。

A You know, that sweater's a great buy.

　　優　弄　　類　　司為特斯　亡 鬼雷特 百

這個要多少錢？

B How much is this?

　　好　罵區　意思 利斯

五百。
A Five hundred.
肥福　哼濁爾

這麼貴？
B So expensive?
蒐　一撕半撕

很便宜的。
A It's very cheap.
依次　肥瑞　去ㄆ

延伸句型

這個要賣多少錢？
▶ How much does it cost?
　好　　馬區　　得斯 一特 寇斯特

你說要多少錢？
▶ How much did you say?
　好　　馬區　低　優　塞

價錢是多少？
▶ What is the price?
　華特　意思　勒　不來斯

⊙ 138

Unit
15
決定購買

重點單字

buy
百
買

基礎句型

我要買這一件。
▶ I will buy this one.
愛我　百　利斯　萬

有沒有折扣？
A Are there any discounts?
阿　淚兒　安尼　低思考特斯

打九折如何？
B How about a 10 percent discount?
好　世保特　亡　天　波勝　低思考特

買兩件可以有折扣吧？
A Is there a discount for two?
意思　淚兒　亡　低思考特　佛　凸

這是我能提供最優惠的價格了。
B That's the best I can offer.
類茲　勒　貝斯特愛　肯　阿佛

真的嗎？

A Really?

瑞兒裡

您要買嗎？

B Would you like to buy it?

屋揪兒　賴克兔 百 一特

好，我要買這一件。

A Okay, I will buy this one.

OK 愛 我　百　利斯　萬

延伸句型

我要買它。

▶ I will take it.

愛 我　坦克 一特

我要買這一件。

▶ I will get this one.

愛 我 給特 利斯 萬

我兩件都要。

▶ I want both of them.

愛 忘特　伯司 歐夫 樂門

我要買這兩件。

▶ I want two of these.

愛 忘特　凸　歐夫 利斯

Unit 16

付款

重點單字

pay
配
付款

基礎句型

用現金。

▶ Cash, please.

客需　普利斯

您覺得價格如何？

A What do you think of the price?

華特　賭　優　施恩克　歐夫勒　不來斯

它太貴了。

B It's too expensive.

依次　兔　一撕半撕

您想要多少錢？

A What price range are you looking for?

華特　不來斯　潤居　阿　優　路克引　佛

可以算五千元嗎？

B How about five thousand dollars?

好　世保特　肥福　騷忍　搭樂斯

好吧！您要用什麼方式付款？

A OK. How would you like to pay for it?

OK　好　　　屋揪兒　　賴克 兔 配　佛 一特

用現金。

B Cash, please.

客需　　普利斯

延伸句型

用信用卡(付款)。

▶ Credit card, please.

魁地特　　卡　　普利斯

我要付現金。

▶ I will pay it by cash.

愛 我　　　配 一特 百 客需

用旅行支票(付款)。

▶ With traveler's check.

位斯　　吹佛耳斯　　切客

菜英文【生活基礎篇】

利用正確的學習觀念，
糾正似是而非的錯誤想法，
學習英文更有效率！

菜英文【生活應用篇】25k

沒有英文基礎發音就不能說英文嗎?
別怕！只要你會中文，一樣可以ㄅㄠ丶英文

菜英文【基礎實用篇】

利用中文引導英語發音，
你我都可以用英語與"阿兜仔"溝通！

菜英文【旅遊實用篇】

就算是說得一口的菜英文，
也能出國自助旅行！
本書提供超強的中文發音輔助，
教您輕輕鬆鬆暢遊全球！

菜英文【實用會話篇】

中文發音引導英文語句
讓你說得一口流利的道地英文

這就是你要的單字書

世界上最齊全的單字書當然是字典囉！可是，學單字總不能抱著字典從A背到Z吧，第二頁背完了，大概第一頁也忘得差不多了。
本書依各種情境將單字分門別類，順著目錄翻下去，不但可以很快找到您要的單字，還可以順便將相關的單字瀏覽一遍。學單字不必太刻意！

一般人最常犯的
100種英文錯誤

利用正確的學習觀念，
糾正似是而非的錯誤想法，
學習英文更有效率！

別再笑，
「他媽的」英文怎麼說

英文學習一把罩！
一次全收錄你想像不到的口語用法！
英文會有多難？
只要掌握必學的口語英文，
人人都可以輕鬆開口說英文！

你肯定會用到的500句話

簡單情境、實用學習！
用最生活化的方式學英文，
隨時都有開口說英文的能力！

永續圖書
線上購物網

www.foreverbooks.com.tw

◆ 加入會員即享活動及會員折扣。

◆ 每月均有優惠活動，期期不同。

◆ 新加入會員三天內訂購書籍不限本數金額，
   即贈送精選書籍一本。（依網站標示為主）

專業圖書發行、書局經銷、圖書出版

永續圖書總代理：
五觀藝術出版社、培育文化、棋茵出版社、達觀出版社、
可道書坊、白橡文化、大拓文化、讀品文化、雅典文化、
知音人文化、手藝家出版社、璞珅文化

活動期內，永續圖書將保留變更或終止該活動之權利及最終決定權。

菜英文【旅遊實用篇】／張瑜凌 編著.--初版.
--新北市 ： 雅典文化, 民 101.03
面；公分. --（生活英語：17）
ISBN⊙978-986-6282-57-7(25K 平裝附光碟片)
1. 英語 2. 旅遊 3. 會話
805.188 　　　　　　　　　　　101000569

生活英語：17

菜英文【旅遊實用篇】

編　　著	|	張瑜凌
出 版 者	|	雅典文化事業有限公司
登 記 證	|	局版北市業字第五七○號
執行編輯	|	張瑜凌
編 輯 部	|	22103 新北市汐止區大同路三段 194 號 9 樓之 1

TEL ／(02)86473663

FAX ／(02)86473660

法律顧問	|	中天國際法律事務所 涂成樞律師、周金成律師
總 經 銷	|	永續圖書有限公司

22103 新北市汐止區大同路三段 194-1 號 9 樓

E-mail: yungjiuh@ms45.hinet.net

網站：www.foreverbooks.com.tw

郵撥：18669219

TEL ／(02)86473663

FAX ／(02)86473660

CVS 代理	|	美璟文化有限公司

電話／(02)2723-9968

傳真／(02)2723-9668

出 版 日	|	2012 年 03 月

Printed Taiwan, 2012 All Rights Reserved

版權所有，任何形式之翻印，均屬侵權行為

雅典文化 讀者回函卡

謝謝您購買這本書。
為加強對讀者的服務，請您詳細填寫本卡，寄回雅典文化；並請務必留下您的E-mail帳號，我們會主動將最近"好康"的促銷活動告訴您，保證值回票價。

書　　名：菜英文【旅遊實用篇】
購買書店：＿＿＿＿＿市／縣＿＿＿＿＿＿＿＿＿書店
姓　　名：＿＿＿＿＿＿＿＿＿　生　日：＿＿年＿＿月＿＿日
身分證字號：＿＿＿＿＿＿＿＿＿＿＿＿＿＿＿＿
電　　話：(私)＿＿＿＿＿(公)＿＿＿＿＿(手機)＿＿＿＿＿
地　　址：□□＿＿＿＿＿＿＿＿＿＿＿＿＿＿＿
E - mail：＿＿＿＿＿＿＿＿＿＿＿＿＿＿＿＿＿
年　　齡：□20歲以下　　□21歲～30歲　□31歲～40歲
　　　　　□41歲～50歲　□51歲以上
性　　別：□男　□女　　婚姻：□單身　□已婚
職　　業：□學生　　□大眾傳播　□自由業　□資訊業
　　　　　□金融業　□銷售業　　□服務業　□教職
　　　　　□軍警　　□製造業　　□公職　　□其他
教育程度：□國中以下（含國中）　□高中以下（含高中）
　　　　　□大專　□研究所以上
職 位 別：□在學中　□負責人　□高階主管　□中級主管
　　　　　□一般職員　□專業人員
職 務 別：□學生　　□管理　　□行銷　□創意　　□人事、行政
　　　　　□財務、法務　　□生產　□工程　　□其他＿＿＿＿
您從何得知本書消息？
　　　□逛書店　　□報紙廣告　□親友介紹
　　　□出版書訊　□廣告信函　□廣播節目
　　　□電視節目　□銷售人員推薦
　　　□其他＿＿＿＿＿＿＿＿＿＿＿＿
您通常以何種方式購書？
　　　□逛書店　　□劃撥郵購　□電話訂購　□傳真訂購　□信用卡
　　　□團體訂購　□網路書店　□DM　　□其他＿＿＿＿＿
看完本書後，您喜歡本書的理由？
　　　□內容符合期待　□文筆流暢　□具實用性　□插圖生動
　　　□版面、字體安排適當　　□內容充實
　　　□其他＿＿＿＿＿＿＿＿＿＿＿＿
看完本書後，您不喜歡本書的理由？
　　　□內容不符合期待　□文筆欠佳　　□內容平平
　　　□版面、圖片、字體不適合閱讀　　□觀念保守
　　　□其他＿＿＿＿＿＿＿＿＿＿＿＿
您的建議：
＿＿＿＿＿＿＿＿＿＿＿＿＿＿＿＿＿＿＿＿＿＿＿＿

請下投書寄回「221新北市汐止區大同路3段94號9樓之1 雅典文化收」

請用膠帶黏貼

廣 告 回 信
基隆郵局登記證
基隆廣字第 056 號

2 2 1 0 3

新北市汐止區大同路三段 194 號 9 樓之 1

雅典文化事業有限公司

編輯部　收

請沿此虛線對折免貼郵票，以膠帶黏貼後寄回，謝謝！

為你開啟知識之殿堂